KB028805

여러분 고맙습니다.

사랑합니다.

〔서명〕 2020년 5월

그 사람
더 사랑해서 미안해

프로필 고민정

경희대학교 중어중문학과 졸업 후, 2004년 KBS 30기 공채 아나운서로 입사했다. 〈무한지대 큐〉〈책 읽는 밤〉〈국악 한마당〉〈생로병사의 비밀〉 등 다수의 방송 프로그램을 진행했으며, 라디오 〈고민정의 밤을 잊은 그대에게〉 DJ로 활동하며 많은 이들에게 사랑받았다. 2009년 중국으로 떠나 칭다오 대학에서 1년간 한국어 강의를 했다. 복귀 후 TV 프로그램 〈국악 한마당〉〈생방송 오늘〉〈결혼 이야기〉〈똑똑한 소비자 리포트〉 등과 라디오 프로그램 〈국악의 향기〉〈더 가까이… 고민정입니다〉를 진행했다. 2017년 문재인 대선 캠프에 합류한 이후 청와대 부대변인과 대변인을 지냈으며 21대 총선에서 광진을 국회의원에 당선되었다.

지은 책으로 《샹그릴라는 거기 없었다》, 《당신이라는 바람이 내게로 불어왔다》, 번역한 책으로 동화 《해님을 하늘로 슈웅~》, 공저로 《다시 동화를 읽는다면》, 《아뿔싸 난 성공하고 말았다》, 《그래요 문재인》이 있다.

2005년에 조기영 시인과 결혼한 그녀는 '존경'할 수 있는 사랑으로 자신의 삶을 꾸려 가고 있다. 물질에 끌려 다니기보다는 가치를 우선시하며, 가벼운 사랑이 넘쳐나는 세상에서 결코 흔하지 않은 사랑의 진정성을 찾아가고자 노력하고 있다.

꽃처럼 시처럼 아름다운 사랑 이야기

그 사람
더 사랑해서 미안해

고민정 글·사진

마음의숲

어린왕자와 장미꽃

아빠가 작은 수술로 병원에 입원해 계실 때였다. 우연히 조금 열린 병실 문틈으로 아빠를 간호하고 계신 엄마를 봤다. 대학생이었던 난 그때 처음으로 '존경'이란 단어를 마음 속 깊이 느꼈다.

어릴 때 하기 싫은 숙제 중 하나가 일기였다면 왜 써야 하는지 이해할 수 없었던 게 존경하는 인물을 쓰는 일이었다. 초등학생이었던 난 '존경'이 무엇인지 몰랐다. 아니 중학생, 고등학생이 되어서도 심지어 대학생이 되어서까지도 사전적 의미 그 이상을 알 수가 없었다. 그래서 난 매번 위인전 중 한 사람을 적어 냈다. 어떨 땐 에디슨, 어떨 땐 링컨, 너무 남자만 썼나 싶어 어떨 땐 유관순. 그랬던 내게 두 분의 모습은 큰 감동으로 다가왔고 존경이란 이런 것이구나 알 수 있게 해 주었다. 존경은 위대한 업적을 이룬 사람도, 위인전에 나온 사람도 아닌 닮고 싶은 사람이었던 것이다. 그저 외모를 닮는 게 아니라 그분의 삶 하나하나를 흠모할 수 있게 하는 것, 그분처럼 살기 위해 노력하게 만드는 것 말이다. 자식들 앞에서 살뜰한 애정표현을 하시지도, 세상에서 흔히 말하는 대단한 공을 이루시지도 않았지만 딸인 나로 하여금 저 두 분처럼 살고 싶다는 생각을 하게 해주셨다.

그러던 내게 한 남자가 나타났고 열한 살이라는 나이 차이로 쉽게 다가설 순 없었지만 만남이 계속되면 될수록 부모님에게서 느꼈던 '존경'이라는 두 글자가 마음속에 떠오르기 시작했다. 사람을 대하는 태도, 세상을 바라보는 시각, 자신의 삶에 대한 치열한 모습까지도 한지에 물이 스며들 듯 나도 모르게 저 사람처럼 살고 싶다는 마음을 갖게 했다. 부모님 이후 처음이었다. 잘생긴 남자, 매너 좋은 남자, 경제적으로 넉넉한 남자 등 다양한 사람들이 주위에 있었지만 어느 한사람 내게 이런 기분 좋은 느낌을 갖게 하진 않았다. 첫 만남 이후 15년이 지난 지금까지도 내 마음을 가득 채우고 있는 걸 보면 뜨거운 젊은 혈기가 만들어 낸 한때의 마음은 아니었던 것 같다. 그렇게 내 삶의 목표가 된 그는 나를 길들이기 시작했다.

어린왕자는 물었다.

"길들인다는 게 뭐지?"

"그건 관계를 맺는다는 뜻이야." 여우가 말했다.

"넌 나에게 아직은 수없이 많은 다른 아이들과 조금도 다를 바 없는 한 아이에 지나지 않아. 그래서 나는 널 별로 필요로 하지 않아…. 하지만 네가 나를 길들인다면 우리는 서로를 필요로 하게 되는 거야. 너는 내게 이 세상에서 하나밖에 없는 존재가 되는 거야. 난 네게 이 세상에서 하나밖에 없는 존재가 될 거고…."

"이제 좀… 알 것 같아." 어린왕자가 말했다.

어린왕자는 소행성에서 함께 살며 티격태격했던 한 송이의 장미꽃을 생각했다. 그리곤 자신의 장미꽃은 겨우 평범한 장미꽃에 불과하다고 생각하게 했던 장미꽃이 만발한 정원으로 다시 갔다.

"너희들은 내 꽃과는 조금도 닮지 않았어. 너희들은 아직 내겐 아무 것도 아니야. 아무도 너희들을 길들이지 않았고 너희들 역시 아무도 길들이지 않았어…. 너희들은 아름답지만 속이 텅 비어 있어. 아무도 너희들을 위해서 자신의 목숨을 바치지 않아. 물론 내 장미꽃도 평범한 행인에겐 너희들과 비슷한 꽃으로 보이겠지. 그렇지만 하나뿐인 그 꽃이 내게는 너희들 모두보다 더 소중해. 불평을 해도, 심지어 때때로 입을 다물고 있어도 나는 다 들어준 꽃이니까. 그건 바로 내 장미꽃이니까."

〈어린왕자〉 중에서

난 B612에 살고 있는 새초롬한 장미꽃이었고 그 사람은 그 꽃을 무척이나 사랑한 어린왕자였다. 어린왕자가 그 꽃을 길들이기 전엔 그저 평범한 장미였듯 그를 만나기 전 난 그저 평범한 여자였다. 아나운서라는 꿈도 없었고, 무엇을 위해 살아야 하는지, 어떻게 살아야 하는지에 대한 특별한 고민도 없었다. 하지만 그는 내게 물을 뿌려주고, 꽃을 피울 수 있게 응원해 주고, 벌레와 바람으로부터 바람막이 역할을 해주었다. 그리고 결국 난 세상에서 하나밖에 없는 꽃이 되었다.

어떤 사람들은 내게 묻는다. 왜 더 큰 왕국을 거느리는 왕자를 만나지 않았냐고, 그 작은 소행성에서 살기가 답답하지 않느냐고. 하지만 그런 질문들에 어린왕자는 어른들은 왜 그렇게 숫자를 좋아하는지 모르겠다고 말할 것이다. 나이가 몇 살인지, 몇 평에 살고 있는지, 얼마를 갖고 있는지가 왜 중요하고 그렇게도 궁금한지 말이다. 그것보다는 어떤 사람들을 좋아하는지, 어떻게 늙어갈 것인지, 무엇을 위해 내 삶을 걸 것인지가 더 중요하지 않을까.

어린왕자와 장미꽃은 지금도 B612에서 별것도 아닌 일로 싸우고 토라지면서도 서로 보듬으며 살고 있을 것이다. 그리고 어린왕자의 이야기는 그 누군가의 이야기가 아닌 어쩌면 우리 모두의 이야기인지도 모른다.

2013년 이 뜨거운 여름에도

차례

들어가는 말 4

—
1장

꽃보다 시보다
아름답게

시인의 아내로 산다는 건 15

그 사람, 안으로 들어간 순간 24

10년 전 그날의 하늘 33

이 숲에 오신 걸 환영합니다 41

감당할 수 있겠니 48

존경할 수 있는 사랑 58

어느 누가 나를 사랑으로 써 내려갈까 66

옥탑방 고양이로 살아갈 것이다 76

나는 당신이 되고, 당신은 내가 되어 84

2장

가난하지도
슬프지도 않게

사람은 가도 시선은 남는다   93

그 사람 더 사랑해서 미안해   100

언제나 한자리에 있는 조은산처럼   108

나는 혼자 남겨지는 게 가장 두려운 소녀였다   115

딸에서 엄마로   124

서로의 별이 된다는 건   132

그리움이 묻어나는 달에게   140

죽기 전에, 조금 더 늦기 전에   146

풍경에는 향기가 있다   152

3장

밋밋하지 않게
흔들리지 않게

내가 할 수 있을까   163

내가 특별한 사람이 되기 위해서   172

사람은 사람의 다리가 된다   180

아나운서 고민정입니다   188

빠져든다는 것, 스며든다는 것   197

어디에도 묶이지 않는 바람처럼 햇살처럼 살고 싶다   205

샹그릴라는 거기 없었다   213

너도 참 쓸쓸했구나   225

어둠이 두려운 건 믿지 못하기 때문이다   232

4장

사람 속에서
빛날 수 있게

얼마나 쓸데없는 자만심이었던가   243

내 안에서 커 가는 시간들   252

우리는 무언가를 얻기 위해 무언가를 건넨다   261

사람과 사람 사이의 국경   268

사람은 가고 사랑은 남는다   277

셀 수 없이 행복한 사람들   284

결코 혼자 걷고 있지 않음을   291

나 자신보다 더 잘 알고 있는 우리   301

우린 사랑하니까   309

1장

꽃보다 시보다
아름답게

시인의 아내로
산다는 건

따리大理 고성에 가까워질수록 하얀 벽면에 푸른색과 회색, 검은색을 적절히 조화시킨 바이족白族. 중국의 윈난성에 거주하는 소수민족의 전통 가옥이 점점 더 많이 보였다. 가옥엔 사찰 벽의 그림들처럼 푸른색과 회색의 큰 테두리가 그려져 있었다. 테두리 안 텅 빈 공간에는 폭포와 산, 가훈으로 보이는 글자들이 담백하게 그려져 있었다. 길가에는 높은 빌딩 대신 키 큰 나무들이 빼곡하게 들어서 있었다. 도시의 넓은 찻길 대신 계절에 따라 아름다운 풍경을 보여 주는 들판도 눈에 띄었다. 이곳에 자리한 하얀 전통 가옥들은 도심의 화려한 네온사인이 아니라 농촌의 까만 밤길을 비추는 작은 가로등을 닮아 있었고, 두꺼운 화장을 한 얼굴이 아닌 솜털이 보송보송

그 누구도
   소유하라 하지
않았다.

보이는 깨끗한 민낯을 닮아 있었다.

난 정신없이 차창 밖 풍경을 보며 이것이야말로 예술이구나 하는 생각을 했다.

'예술이 별건가. 이렇게 보는 사람의 마음을 행복하게 해 주고, 시간 가는 줄 모르도록 푹 빠질 수 있게 한다면 그게 예술이지.'

혼잣말을 하고 있는데 차를 타기 전까지만 해도 고산병 때문에 힘들어하던 그가 순진한 아이의 미소를 짓고 있는 것이 눈에 들어왔다.

'세상의 모든 시인은 이렇게 다 아이 같은 걸까?'

이제는 돌아가신, 천상병 시인의 아내 목순옥 여사가 한 인터뷰에서 "내가 걸으면 같이 걷고 서면 같이 서고 하라는 대로 하셨어요. 한없이 순수한 어린아이처럼요" 하고 말씀하신 게 생각났다. 그리고 시인의 아내로 살아온 쉽지 않았던 지난 시간들이 내 머릿속을 스쳐 지나갔다.

난 아나운서이기도 하지만 시인의 아내이기도 하다. 예전 어느 잡지에 실린 '시인의 아내'라는 글귀가 사람들을 통해 회자되면서 난 저절로 '결혼한 아나운서'가 아닌 '시인의 아내'라는 타이틀을 갖게 되었다. 사람들이 '시인의 아내'라는 말을 떠올리며 어떤 생각을 하는지는 모르겠지만 사실 내겐 큰 부담으로 다가온다. 내가 생각해 왔던 시인의 아내는 모름지기 시를 무척 사랑하던 문학소녀여야 하고 줄줄 외우는 시 몇 편쯤은 있는 그런 사람이다. 남편과 함께 시 한 수 한 수를 주고받을 수 있는 정신적 동반자이자 시인에게 항상 창작 동기를 부여하는 마르지 않는 샘물과도 같은 존재 말이다.

하지만 나는 학창 시절 교과서에 나오는 몇 사람의 시인만 겨우 알고 있었고 어려서부터 시를 외우는 건 딱 질색인, 한마디로 문학소녀와는 거리가 먼 사람이었다. 물론 그와 10년을 넘게 알고 지내면서 전보다는 많은 책을 접하게 됐고, 감수성도 조금 더 풍부해지긴 했지만 아직도 시인의 아내가 되기에는 한참이나 부족하다. 이런 내게 그 사람은 시인으로서가 아닌 평생을 함께하고 싶은 한 남자로 나타났고 그를 사랑한 난 저절로 시인의 아내가 되었다. 부족하기만한 내가 과분하게도 예술가의 아내가 된 것이다.

예술가의 아내라는 낭만적인 단어 뒤에는 힘든 현실의 벽이 버티고 있었다. 분명 쉬운 일은 아닐 것이라고 진작부터 생각은 하고 있었지만 직접 몸에 와 닿던 현실의 벽은 정신이 번쩍 들 만큼 차가웠다. 결혼 전 시인의 길을 접고 회사에 들어가겠다는 그를 말렸던 것도 나고, 이 세상을 떠나기 전까지 좋은 글 딱 한 편만 썼으면 좋겠다고 말했던 것도 나인데 현실에 부딪힐 때면 저절로 한숨이 새어 나오곤 했다.

내가 발을 딛고 있는 이 세상은 너무나 많은 것들을 돈으로 환산하고 있었다. 겉으로는 문화와 예술을 얘기하며 교양 있는 척하는 이들도 돈으로서의 가치를 먼저 따지는 이중적인 태도를 보인다. 어떤 작품이 초야에 묻혀 있을 땐 가치가 없다며 하찮게 여기다가도 그 작품이 어느 날 사람들의 주목을 받으며 높은 가격에 팔리기라도 하면 그제야 "역시!"를 외쳐 댄다. 심지어 배우자를 고를 때도 배경에 주목할 것이 아니라 인품을 봐야 한다고 말하면서도 경제적인 면에서 자신과 비슷하거나 더 나은 사람이 아니면 만나려 하지 않는다.

이런 세상 속에서 시인인 그 사람은 가난을 두려워하지 않았다. 오히려 너무 많이 소유하는 것을 경계했다. 자신을 위해서 하는 것은 오직 책 사는 일뿐이었다. 대신 주위 사람들에게, 특히 자신보다 더 힘들 것이라 여겨지는 이들에게 조금이라도 더 나누어 주려고 노력했다. 내가 회사에서 받는 월급보다 더 많은 돈을 버는 프리랜서들이 부럽다고 말하면 그는 조금의 머뭇거림도 없이 단호하게 말했다. 아나운서로서 방송국이 아닌 다른 곳에서 더 많은 사회적 역할을 할 수 있어 프리랜서로 활동하는 거라면 괜찮지만 단순히 돈을 더 많이 벌기 위해 프리랜서를 선택하는 건 동의할 수 없다고 했다. 돈에 휘둘리는 삶이 아닌 돈을 이끌 수 있는 삶을 살자고 했던 처음의 마음을 잊었느냐면서 말이다.

이렇듯 세상은 돈을 중심으로 돌아가고 있었고, 그는 돈과는 거리를 두며 살아가고자 했다. 하지만 난 세상과 그 사람 사이에서 균형을 맞춰야 했다. 현실을 무시하고 살아갈 수도 없었고 한 사람의 아내로서 그를 이해하지 않을 수도 없었다.

결국 난 현실이라는 땅에 두 발을 딛고, 이상理想이라는 하늘을 향해 가슴을 열어 두어야 했다. 한쪽에만 온 신경을 집중해도 쉽지 않은 일을 난 동시에, 그리고 반드시 해내야 했다. 시인의 아내로 살아가는 일이 힘들지 않느냐고 묻는 이들에게 돈보다 더 중요한 것은 얼마든지 많다고 이해시켜야 했고, 그 사람에게는 매달 무섭게 찍혀 나가는 각종 보험과 공과금 고지서를 보여 주며 우리가 어떻게 살아야 돈도 모으고 좀 더 안정된 생활을 할 수 있는지 이해시켜야 했다. 그렇게 난 수도 없이 세상과 그 사람의 경계선을 넘나들면서 외로운 줄타기를 해야 했다.

하지만 그 외줄 타기는 생각보다 어려웠다. 시간이 흐를수록 내 발밑으로 보이는 세상은 날 더 어지럽게 만들었고, 내가 가야 할 길도 내가 지나온 길도 그 끝이 보이지 않았다. 나는 멈출 수도 되돌아갈 수도 없었다. 내 마음은 결국 한계점에 다다랐고 터지기 일보 직전의 풍선처럼 과도하게 커져 버렸다. 5천 미터가 넘는 설산을 등반하는 것처럼 호흡하기가 힘들었고, 땀으로 등이 흠뻑 젖은 등반가처럼 내 가슴이 눈물로 젖는

그 누구도
강요하지 않았다.

내 가슴이
그 사람을 선택했을 뿐.

일이 늘어 갔다. 심장은 동상 걸린 두 발처럼 꽁꽁 얼어붙었고, 마음은 연고 바를 틈도 없이 여기저기 긁히고 찢겨 갔다. 예술 하는 이들의 순수함을 초라하게 만드는 세상 사람들이 미웠고, 세상과 타협하지 않으려는 그의 꼿꼿함에 숨이 막힐 지경이었다. 모두 다 싫었다. 그 사이에서 외줄을 타는 것도 싫었고 세상과 예술을 서로에게 이해시키는 일도 버거웠다.

이런 상황에서 떠난 여행이 처음부터 마냥 즐겁기만 했다면 거짓말이다. 여행 초기 그 사람을 향한 내 마음에는 냉기가 돌았다. 세상도 예술도 싫다며 떠나온 여행인데 시인인 그가 곱게 보일 리 없었다. 하지만 그는 이런 내게 빨리 마음을 풀라고 재촉하지 않았고 왜 자신에게 이러느냐며 불평을 늘어놓지도 않았다. 그저 묵묵히 내 옆에서 함께 걸었다. 스스로 치유할 수 있도록 말이다.

그런데 참 신기하게도 여행을 시작한 지 보름이 지나자 굳게 닫혔던 내 마음이 조금씩 열리기 시작했다. 그리고 나를 둘러싼 모든 것들이 내게 말을 걸어오는 것 같았다. 거리 곳곳에 자리한 아름다운 집들은 예술은 그리 대단한 것이 아니라고 속삭였다. 예술은 그저 돈이 아닌 세상의 아름다움에 눈뜬 사람들의 고귀한 행위일 뿐이라면서 말이다. 그런 아름다운 사람을 곁에 두고 있으면서 무엇이 무섭고 무엇이 그토록 서럽냐며 나를 다독여 주었다. 파란 하늘 아래 우뚝 솟아 있던 설산도 내게 말했다. 오라 하지 않았는데도 자신의 아름다움을 보기 위해 힘들게 이 먼 곳까지 온 것처럼, 아무도 가라 하지 않은 시인의 아내로 살아가는 그 길에 나무가 되어 그늘을 만들어 줄 테니 주저앉지 말고 계속 가라면서 말이다.

이 짧은 여행이 내 삶을 완전히 바꾸어 놓지는 못할 것이다. 분명 난 또다시 세상과 시인의 경계에서 외로운 줄타기를 해야 할 것이고, 그 안에서 상처 받고 상처 주는 행위를 계속하게 될 것이다. 많은 것을 가진 사람들 앞에서 주눅이 들기도 할 것이고, 쉽게 살아갈 수 있는 길을 피해 가는 그 사람을 미워도 할 것이다. 하지만 난 계속 넘어지고 부딪힐 것을 알면서도 시인의 아내로 살아갈 것이다. 힘들다고 그의 잡은 손을 뿌리치기엔 이미 그를 향한 나의 마음이 너무 깊다는 걸 알기 때문이다. 그 사람 없이는 밥 먹는 일조차 서툰 나라는 걸 내 머리보다 내 가슴이 먼저 알기 때문이다.

난 그저 가슴이 시키는 대로 살아가면 된다. 그러면 된다.

그 사람,
안으로 들어간 순간

윈난성 따리에서 리장麗江까지 가는 버스에 몸을 실었을 때였다. 서너 시간이면 도착할 수 있다는 말에 가벼운 마음으로 올라탔지만 5시간이 지났는데도 여전히 인적이 드문 허허벌판을 달리고 있었다. 지칠 대로 지친 난 스르르 그의 어깨에 기댔고 울퉁불퉁한 흙길, 돌길에 내 머리도 차와 함께 덜컹거렸다. 그럴 때마다 그는 부드러운 손으로 내 머리를 감쌌고, 덕분에 난 그 사람의 어깨에 얼굴을 파묻은 채 곤히 잠들 수 있었다. 자면서도 난 11년 전 내 얼굴을 어루만지던 그 사람의 떨리던 손길을 고스란히 느끼고 있었다.

처음 그 사람을 알게 된 건 동아리 방명록에 쓰인 그의 글씨를 통해서였다.

"와, 조기영이란 사람이 누구예요? 글씨 진짜 멋있다."

방명록을 펼치자마자 눈에 들어온 그 사람의 글씨는 왠지 모르게 마음을 온통 뒤흔들어 놓았다. 문장 하나하나에는 선배의 위엄보다는 후배를 향한 사랑이 묻어났고, 단어 하나하나에는 마치 시어詩語처럼 꽃잎의 향기마저 느껴졌다. 이후 그 사람의 글을 보기 위해 일부러 방명록을 펼쳤고 볼 때마다 그 안에서 한없는 위로를 받곤 했다.

그리고 몇 달이 흐른 어느 여름날, 우연히 동아리방에서 부드러운 미소가 인상적인 한 선배를 만났다. 창문으로 내리쬐던 오후의 햇살이 그의 얼굴에 닿을 때면 내 마음속까지 따스한 기운이 퍼지는 것 같았다.

"몇 학번이세요?"

"새내기예요, 98학번."

88학번이라고 본인을 소개한 그는 한참 후배임에도 불구하고 내게 말을 낮추지 않았다. 누군가로부터 존중받고 있다는 느낌이었다. 그 느낌은 내 존재를 빛나게 해 주는 것만 같았다.

이런저런 대화를 하면서 난 그 사람의 모습을 살폈다. 기껏해야 지갑이나 자판기 커피를 손에 들고 있던 다른 선배들과는 다르게 그 사람은 손아귀에 딱 맞게 접힌 시사 주간지를 들고 있었다. 아마 학교까지 오는 내내 보면서 온 듯했다. 실제

소박한 그 사람 마음의 창을 좇고 싶었다.

로 짧은 대화 속에서도 그의 말은 얕은 샘물이 아니라 깊은 바다와 같았고, 창문 안에 갇힌 하늘보다는 초원 위를 흐르는 하늘처럼 느껴졌다.

다른 한 손에는 검은색 플러스펜이 들려 있었고, 하얀색 티셔츠에 갈색 체크무늬 남방을 입고 있었다. 조금이라도 멋을 내 보겠다며 비싼 옷을 몸에 걸치고 으스대는 다른 선배들과는 달라 보였다. 꾸미지 않은 모습에서 자신감이 느껴졌다. 난 점점 그 사람의 말과 모습에 빠져들면서 닮고 싶다는 생각을 하게 되었다. 누군가를 존경하는 마음은 그 사람의 거창한 철학이나 사상에서 오는 것이 아니라 삶의 태도를 통해 저절로 우러나는 것임을 그때 처음 알게 되었다. 그동안 수많은 위인전 속 인물들을 보면서 쉽사리 존경이란 단어가 마음속에서 튀어나오지 않았던 까닭을 그제야 조금 알게 된 것이다.

동아리방으로 다른 사람들이 몰려들면서 우리의 대화는 끊어졌다. 왁자지껄해진 틈을 타 그는 검정 플러스펜으로 노트에 글을 써 내려가기 시작했다. 글을 쓴 주인공이 바로 내 앞에 앉아 있는 그 사람이라는 사실을 알게 된 순간이었다. 방금 전까지 존경의 마음을 갖고 있던 사람과 내 마음에 온기를 불어넣어 준 사람이 동일인이라는 사실에 난 더없이 기뻤다. 그리고 소란스러움 속에서 자신만의 고요함을 만들어 내는 그를 몰래몰래 훔쳐봤다. 졸업한 선배들이 1년에 한두 번 함께하는 행사 자리였다. 그렇게 나와 그 사람은 운명적으로 만났고 그 때부터 난 그를 마음속 닮고 싶은 사람으로, 존경하는 사람으로 간직하게 되었다.

이후 그를 자주 볼 수는 없었다. 가끔 학과 선배 결혼식이 있을 때 마주치긴 했지만 따르는 후배가 많았던 그의 주위에는 항상 사람이 끊이지 않아 내가 낄 틈이 없었고, 어쩌다 마주 앉게 되어도 편하게 얘기하지 못했다. 당시 그는 내게 사랑하는 남자가 아닌 존경하는 선배였기에 쑥스럽다기보다는 어려웠다는 표현이 더 맞을 것이다.

그렇게 난 언제 다시 볼 수 있을 거라는 기약도 없이 그와 헤어졌다. 그러던 중 1학년 겨울방학이 시작될 무렵 내가 동아리 회장으로 선출되었다. 그리고 우리의 인연은 생각지도 못한 곳에서 이어졌다.

"오빠, 제가 다른 일 때문에 민정이를 챙겨 주지 못할 것 같아요. 그래서 오빠가 바쁘시겠지만 가끔 민정이한테 조언해 주는 멘토가 되어 주면 안 될까요?"

전년도 회장이었던 선배가 갑자기 개인적인 일이 생기면서 내 멘토 역할을 할 수 없게 되었고 내 의사와 상관없이 그 사람을 멘토로 지목해 나를 부탁했던 것이다. 그러면서 그는 내 연락처를 알게 되었고 난 힘들 때마다 수시로 그에게 조언을 구하게 되었다. 그는 해결책을 제시하는 것이 아니라 나 스스로 해결책을 찾을 수 있도록 도와주었고 일주일에 한 번 하던 전화는 삼 일에 한 번으로, 이틀에 한 번으로 늘어나더니 급기야는 매일 통화하기에 이르렀다.

"민정이 내일 뭐하니? 오빠는 능내에 바람 쐬러 갈까 하는데….."

2학년 1학기가 막 시작된 3월, 내가 몸담았던 동아리는 외부 활동이 무척 많은 곳이어서 혼자 모든 걸 감당하기에는 힘들었다. 새내기와 기존 선배들을 아우르는 것은 물론 각 단과대별 혹은 인근 학교 노래패와의 연합회 등 참석해야 할 회의와 공연만도 한둘이 아니었다. 게다가 내가 소속된 단과대 학생회에서도 주축인 동아리였기 때문에 학생회에서 하는 각종 행사에도 얼굴을 보여야 했다. 회장직을 수행한 지 석 달밖에 지나지 않았지만 2학년이었던 내게 노래패 회장은 버거운 짐이었다. 그러던 중 바람 쐬러 교외에 가자는 그 사람의 제의는 머릿속을 비우고 싶었던 내겐 기다리고 기다렸던 단비와도 같았다.

"저도 갈래요!"

그렇게 우리는 버스를 타고 능내로 향했다. 아직 겨울바람이 코끝을 시리게 했지만 나뭇가지에 움튼 어린 새싹은 내 안에 밝은 기운을 안겨 줬고, 강에서 불어오는 바람은 답답했던 마음을 시원하게 했다.

"선배님, 이렇게 좋은 곳에 데려와 줘서 고마워요. 그동안 학교 일 때문에 스트레스가 좀 많이 쌓였거든요. 다른 동기들은 공부한다고 바쁜데 난 동아리 활동이 바쁘다 보니 공부할 시간도 없고…. 나만 뒤처지고 있다는 생각에 괴로웠거든요."

내가 존경했던 선배와 친해졌다는 게 무척이나 뿌듯하고 든든했다. 나중에 안 사실이지만 그 사람은 1학년 때 날 처음 본 순간부터 사랑을 느꼈다고 한다. 반면 열한 살이나 어린 난 그와의 나이 차이 때문에 사랑의 감정이 느껴져도 이건 사랑이 아닌 존경의 마음일 거라며 스스로를 다잡곤 했다. 하지만 사랑의 감정은 가린다고 모르는 것도, 숨긴다고 볼 수 없는 것도 아니었다. 아담한 카페에서 저녁을 먹고 나오는 길에 만난 빗줄기는 내 마음을 훤히 들여다볼 수 있게 해 주었다.

"전 우산 안 가져왔는데 어떻게 하죠?"

"내가 가져왔어. 같이 쓰지 뭐."

빗줄기는 점점 더 굵어졌고 향기로운 글을 써 내려가던 그 사람의 손이 내 어깨를 감쌌다. 순간 숨이 멈추는 것 같았다. 내 심장 소리는 우산을 때리는 빗소리보다 더 세게 내 귀에 울렸다. 그 사람의 입김이 닿던 내 왼쪽 볼은 눈치도 없이 자꾸 빨갛게 달아올랐다. 동아리 활동을 하면서 여자 친구보다 남자 친구가 더 많았고, 어려서부터 오빠 둘과 함께 자라 남자와 어깨동무를 하는 건 흔한 일이었음에도 정신을 차릴 수가 없었다. 난

사랑은 세월의 강물 속에서 조금씩 다른 모양으로 흘러간다.

뜨거워진 마음으로 좌석 버스에 올랐고 두근거리는 마음을 그 사람이 눈치라도 챌까 봐 바로 눈을 감고 잠든 척했다.

하지만 이동하는 1시간 반 동안 난 한숨도 잘 수가 없었다. 그 사람을 향한 내 감정이 존경을 넘어선 사랑이었다는 걸, 그 또한 나이 차이로 인해 차마 사랑한다 말하지 못한다는 걸 쏟아지는 빗물로 맑아진 내 마음이 알아차렸기 때문이다. 내 볼을 조심스럽게 손가락 끝으로 어루만지는 그 사람의 떨리는 손길에서 난 내가 그에게 소중한 존재임을, 가끔씩 이마에 와 닿던 그의 한숨에서 난 그에게 이루어질 수 없는 사랑임을 느낄 수 있었다.

그날 이후 난 그 사람을 계속 만날 것인지 신중하게 고민했고, 내 평생 이렇게 존경할 수 있는 사람을 또다시 만날 수 없을 거라는 결론을 내리면서 결국 그를 연인으로 받아들였다. 만일 그날 비가 내리지 않았다면, 버스가 아닌 자가용을 타고 갔다면 우린 전혀 다른 삶을 살고 있을지도 모른다.

지금도 우리는 가끔 버스나 전철을 탄다. 그러면 나는 그의 어깨에 머리를 맡기고, 그는 내 손을 꼭 잡는다. 물론 그때처럼 심장이 터질 것 같다거나 긴장되는 건 아니지만 당시엔 느끼지 못했던 편안함이 있다. 그렇게 사랑은 세월이라는 강물 속에서 변하는 것이 아니라 조금씩 다른 모양으로 흘러간다.

기차 시간에 늦었다. 손은 부들부들 떨렸고 다리는 겁 없이 산에서 뛰어내려 왔을 때처럼 후들거렸다. 숨이 턱 끝까지 차올라 더 이상 뛸 수 없을 것 같았다. 두 다리는 당장이라도 주저앉을 것 같았고, 두 팔은 힘이 풀려 모든 짐을 선로 밖으로 내던지고 싶었다. 얄밉게도 개표구는 가장 먼 곳에 있었고 그날따라 가로막는 사람도, 올라가야 할 계단도 많았다. 모든 걸 포기하고 싶은 마음이었다.

청두成都에서 쿤밍昆明 가는 기차를 놓칠 뻔한 일이 있었다. 난 중어중문학과를 졸업하기는 했지만 실전에서는 잘 통하지 않는 중국어 실력을 갖고 있었다. 도서관 책상에 앉아 공부하기보다는 도서관 앞에 피켓을 들고 앉아 있었고, 스펙이란 걸 쌓기보다는 세상에 대한 나의 가치관을 만들어 가는 것을 더 중요하게 여기던 학생이었기 때문이다. 그랬기에 학구파였던 동기들에 비해 중국어를 못하는 건 당연한 결과였다. 그러던 내가 무턱대고 영어도 잘 통하지 않는 중국에 가겠다고 한 것은 대단한 결심이었지만 무모한 모험이기도 했다. 여행을 떠나기 전 난 그에게 걱정스러워하며 말했다.

"우리 잘할 수 있을까? 가이드가 있는 것도 아니고 기차표, 숙소 그 어느 것 하나 예약해 놓은 것도 없는데 가다가 강도라도 만나면 어떻게 하지? 숙소가 없어서 밤이슬 맞으며 노숙해야 하면?"

"여행이 다 그렇지 뭐. 계획 다 세우고 예약 다 해 놓고 가이드 따라가면 그게 무슨 여행이야 관광이지."

"그래도 이동 수단이나 숙소는 잡아 놓고 갈 걸 그랬나?"

"됐거든요! 여행하다 보면 이런저런 문제들이 생기기도 하겠지. 그런데 난관에 봉착하는 맛이 있어야 재미있지 않겠어? 그래야 추억도 남고."

말이 씨가 됐다. 기차 시간에 늦은 것이다. 중국은 특유의 느긋한 문화가 있어 10분만 기다리라는 말은 30분을 기다리라는 뜻이고, 조금만 더 가면 된다는 말은 1시간은 더 가야 함을 뜻한다. 그런데 웬일인지 기차 시간만큼은 정확하게 지켜지고 있었다. 우리는 일단 택시를 잡아탔고 다행히 서울에서의 인연으로 함께 청두에 온 중국 친구의 도움으로 각종 도로 법규를 위반하며 액셀러레이터를 밟아 기차역에 도착했다. 그리고 각자 자신의 상체보다 더 큰 가방을 등에 지고 작은 가방들은 온몸에 걸친 채 전속력으로 뛰었다. 둘이 합쳐 10만 원쯤 되는, 배낭여행자에겐 비싼 기차표였기에 그냥 버릴 수는 없었다. 난 1999년 겨울 민중대회 때 뒤쫓아 오는 전경들을 피해 달린 이후 거의 10년 만에 처음으로 죽도록 뛰었다.

1999년 민중대회, 차가운 바람이 귓불의 감각을 앗아 가던 까만 밤이었다. 난 빨간색 오리털 점퍼를 입고 있었고 긴 생머리에 뿔테 안경을 끼고 있었다. 대학교 2학년, 세상이 다 내 마음대로 될 것만 같았던 때였다. 안대를 한 경주마처럼 앞만 보고 열심히 달리기만 하던 때 말이다. 내가 회장을 맡고 있던 민중가요 노래패는 소위 말하는 운동권 동아리였다. 그러다 보니 이런저런 집회에 가야 할 일이 많았다. 지금은 집회를 하더라도 아이와 함께 거리로 나와 촛불 하나 손에 들고 걷거나, 각종 공연을 보면서 함께 나누는 것들이 많아졌지만 불과 10년 전만 해도 노래 부르고 구호 외치고 전투경찰들에 쫓기는 것이 대부분이었다.

다행히 난 노래패이다 보니 다른 사람들이 전투경찰에게 쫓겨 다닐 때 무대 준비를 하느라 뛰지 않아도 됐다. 그러나 공연을 하지 않는 집회에서는 백 퍼센트 전투경찰을 피해 뛰어야 했기 때문에 이런저런 핑계를 대면서 불참하기도 했다.

난 세상에서 달리는 게 제일 싫은 사람이다. 특히 체육 시간에 백 미터 달리기를 해야 하는 날은 아침에 눈을 뜬 순간부터 마음속으로 기우제를 지냈던 나다. 이유는 단순하다. 달리기를 워낙 못하기 때문이다. 그런 나에게 각종 대회에서 뛰어야 하는 상황은 신문에 대문짝만하게 얼굴이 실리는 것보다 더 끔찍한 일이었다.

1999년 민중대회를 마친 곳은 명동성당이었다. 거기까지는 좋았다. 뛰지 않아도 되었으니까…. 이제 집에 가면 되겠다 생각하고 있었는데, 대학생들끼리 정리 집회를 한다고 충무로역에 내려 동국대로 모이라는 것이었다.

'에잇! 여기서 끝내지. 그래, 이제 다 끝났는데 뭘 일이야 생기겠어?'

난 선후배들과 함께 가벼운 마음으로 충무로로 향했다.

"이번 정차할 곳은 충무로, 충무로역입니다. 내리실 곳은…."

"뛰어!"

스러지지 않게 외롭지 않게 나는 타고 있었다.

그때 난 나에게도 일종의 징크스가 있다는 것을 알았다. 무슨 일이 생기기 전에는 희한하게도 폭풍 전야처럼 불안함이 전혀 느껴지지 않고 걱정도 없어진다는 것을. 어쩐지 그날따라 발걸음도 가볍다 했더니 제일 걱정하던 일이 터진 것이다. 죽어라 뛰었다. 내 딴에는 두 발이 보이지 않을 만큼, 숨이 턱까지 차오를 만큼 달리고 또 달렸다. 그런데 이상하게도 분명 내가 앞쪽에서 뛰었는데 시간이 지날수록 차창 밖으로 풍경이 흘러가듯 사람들의 모습이 내 옆으로 흘러가는 것이 아닌가. 난 왜 이렇게 달리기를 못할까 부모님을 원망도 해 보았지만 당장 내 손을 잡고 끌어 주는 이는 아무도 없었다.

귓가를 때리던 전투경찰들의 발자국 소리는 점점 커졌고 어느 쪽으로 달려야 하는지 방향감각도 잡을 수가 없었다. 꿈이길 바라며 혀를 깨물어도 봤지만 혀끝의 통증은 고스란히 신경으로 전해졌다. 막다른 골목으로 몰렸던 나를 포함한 수십 명의 학생들은 결국 붙잡혔고 우리는 새카만 전투경찰들에 둘러싸인 채 일명 닭장차 쪽으로 줄을 섰다. 그리고 난 이 상황을 어떻게 수습해야 하나 이리저리 머리를 굴리기 시작했다.

그런데 갑자기 누군가 내 팔을 세게 잡아당겼다.

"고민정!"

그 사람이었다. 눈물이 왈칵 쏟아져 앞이 잘 보이지 않았다. 그러자 이번엔 반대편에서 누군가 내 팔을 더 세게 잡아당겼다. 까만 투구의 전투경찰이었다.

"부우욱."

내 빨간 오리털 점퍼의 팔이 떨어져 나가면서 까만 하늘에서 하얀 깃털이 나풀거렸다. 그렁그렁 눈물이 가득 맺힌 내 눈에 깃털은 하얀 눈이 되어 내리는 것 같았다. 하지만 그 묘한 아름다움을 마음에 담기도 전에 뒤에서 또 다른 전투경찰이 내 머리채를 잡아챘고 저절로 비명이 새어 나왔다. 결국 그날 난 밤새도록 경찰서 신세를 져야 했고, 잘못한 거라곤 전투경찰보다 늦게 뛰었다는 것밖에 없던 난 다음 날 훈방으로 나올 수 있었다.

그날 이후 나는 〈모래시계〉의 고현정이 됐다. 나를 구하려는 그 사람과 날 잡아넣으려는 전투경찰의 모습은 사람들의 입에서 입으로 전해지며 한 편의 영화가 만들어진 것이다.

청두에서 기차를 탈 때 역시 1999년 그날처럼 마음이 편안했다. 시간도 넉넉하게 잡았고 기차로 18시간을 가야 했기에 기차역에 도착해 먹을거리도 사야지 하고 계획도 세웠다. 그러나 징크스는 어김없이 반복되었다. 점심이 늦어지고 택시가 잡히지 않았던 것이다. 숨이 턱까지 차오르면서 덮쳤던 온몸의 감각들은 10년 전 모습을 그대로 떠오르게 했다.

하지만 1999년 그때와 크게 달라진 게 하나 있었다. 10년 전에는 외롭게 혼자 뛰며 나를 앞지르던 사람들을 마치 차창 밖 풍경을 보듯 쳐다봐야 했지만, 이번에는 내 손을 잡고 끌어 주는 그 사람과 함께 뛸 수 있었다. 혼자가 아니라는 사실이 그렇게 행복할 수가 없었다. 힘들면서도 마음속에선 계속 행복한 웃음이 새어 나왔고, 날 잡고 뛰는 그의 뒷모습은 느린 화면이 되어 우리를 영화 속 주인공으로 만들었다. 숨을 헐떡이며 간신히 기차에 몸을 실은 우리는 서로의 얼굴을 쳐다보며 안도의 한숨을 내쉬었고, 기차는 1분도 안 돼 덜컹거리며 하늘과 가까운 쿤밍으로 출발했다.

창가에 앉아 10년 전을 떠올리며 웃음 짓는 나를 보고 그가 물었다.

"무슨 생각을 하기에 그렇게 혼자 웃어?"

"당신 생각!"

10년 넘게 찍어 온 우리의 영화는 이렇게 끝날 줄 모르고 계속 이어지고 있었다.

이 숲에 오신 걸
환영합니다

넓게 펼쳐진 녹색 들판과 고운 모습으로 뻗어 있는 산등성이 너머로 빠알간 태양이 부끄러운 듯 슬며시 모습을 감춘다. 오후 7시, 이미 까만 밤이 된 방비엥Vang Vieng은 들판처럼 넓은 하늘에 수많은 별들을 촘촘히 수놓고 있었다. 처음 그의 고향집에 내려가 저녁을 먹고 집 앞 들길을 산책하던 그날처럼 우리를 둘러싼 모든 것들이 둘의 목소리에 귀 기울이고 있는 것 같았다. 나의 쿵쾅거리는 심장 소리가 그에게 들리면 어떻게 하나, 미세하게 떨리는 내 숨소리를 그가 알아채면 어떻게 하나 바짝 긴장했던 그날처럼 산도, 강도, 들판도 모두 고요했다.

우린 도착하자마자 숙소를 잡기 위해 무작정 강가로 향했다. 자연의 소리를 듣고 싶었다. 아침에 눈을 뜨자마자 펼쳐질 동양화 같은 풍경이 궁금했다. 쏟아질 듯한 별로 샤워를 하고, 귀를 간지럽히는 쏭강Nam Song River의 물소리를 자장가 삼아 방비엥에서의 첫날 밤을 보낼 작정이었다. 이곳저곳을 헤매던 우리는 결국 쏭강이 바로 내려다보이는 강가 숙소에 짐을 풀었다.

오후 8시가 될 때까지 저녁밥을 먹지 못했던 우리는 우선 식당으로 향했다. 예쁜 색깔의 채소와 고기가 꽂혀 있는 숯불 꼬치와 볶음국수로 저녁을 해결하고 누가 먼저랄 것도 없이 바로 숙소로 향했다. 침대에 편안히 누워 선선한 강바람을 맞으면서 곤충들이 만들어 내는 다양한 소리를 자장가 삼아 달콤한 잠에 빠져들고 싶었기 때문이다.

하지만 우리의 예상은 완전히 빗나갔다. 우린 그날 밤 한잠도 제대로 잘 수가 없었다. 쏭강 중심에 있는 외국인들을 위한 록 바 때문이었다. 록 바는 실외에서 영업을 하고 있었고 요란스러운 록 음악은 고요한 쏭강 전체를 새벽 3시가 넘은 시각까지 뒤흔들고 있었다. 조금 전까지만 해도 부드럽게 울었던 귀뚜라미들도 시끄러운 음악 소리에 예민해졌는지 더 까칠하게 울어 댔다. 마리화나와 술, 음악에 취한 이방인들은 참기 어려운 소란을 피우고 있었다. 처음엔 외국에서 해방감을 만

끽하고 싶은 젊은 혈기에 밤새도록 노는 거겠지 하고 위안해 보려 했다. 하지만 시간이 흐르면 흐를수록 내 마음은 미안함으로 가득 찼다. 순박한 라오스 사람들에 대한 미안함이었다. 거대 자본이 밀고 들어온 낯선 풍경이 심기를 건드린 탓인지 내 얼굴 또한 더욱 붉으락푸르락해졌다.

밤새 뒤척인 탓에 아침에 눈을 뜬 우리의 모습은 푸석푸석했고, 눈 밑 다크서클은 더 진해져 있었다. 또 자다 깨다를 반복해서인지 평상시에 잘 붓지 않던 눈은 붕어눈이 되어 있었다. 잠이 덜 깬 상태였지만 습관처럼 방 안을 어둡게 하던 커튼을 열어젖혔다.

"와, 그림 같다."

지난밤의 소란스러움은 온데간데없이 쏭강은 찰싹거리는 작은 물소리를 내며 흐르고 있었다. 술병을 들고 비틀거리던 관광객 대신 아담하면서도 힘차게 솟은 산이 창문 밖에 펼쳐져 있었다. 나무들은 다양한 초록색으로 경치를 풍성하게 만들었고, 높은 건물이 없어 훤하게 뚫린 파란 하늘은 본연의 색깔을 마음껏 뽐내고 있었다. 그야말로 눈부신 아름다움이었다.

우리는 아침을 간단히 해결하고 코코넛 셰이크와 오렌지 주스를 하나씩 들고 테라스에 앉았다. 가져온 책을 읽기도 하고 생각나는 얘기를 노트에 적기도 했지만 대부분의 시간은 그저 넋 놓고 아름다운 풍경 속에 푹 빠졌다. 그와 첫 키스를 했던

큰 나무를 부둥켜안던 그날,
내 마음도 둥치처럼 커져 갔다.

그 순간처럼 말이다.

1999년 5월 셋째 주 월요일, 내가 성년이 되는 날이었다. 그가 살던 옥탑방 뒤 작은 산의 아카시아 나무들은 내게 인사를 해 왔다.

'이 숲에 오신 당신을 환영합니다.'

'저를 한 번 꼬옥 안아 주세요.'

'그리고 당신 곁에 있는 그 사람을 꼬옥 안아 주세요.'

그가 성인이 되는 나를 축하해 주기 위해 숲 속 곳곳에 붙여 놓은 나무들의 말이었다. 내가 오기 전 그는 적당한 나무를 찾아 글이 적힌 종이를 달아 놓았고, 난 그가 시키는 대로 아름드리나무를 안기도 하면서 종이가 걸려 있는 나무들을 따라 은평구 신사동의 한 작은 산을 올라갔다. 처음에는 무슨 나무를 안느냐며 쑥스러워하기도 했지만 이 작은 산의 나무들이 진짜 나를 축복해 주는 것 같아 갈수록 기분이 좋아졌다. 그렇게 나무들의 안내를 받으며 한 정자에 도착했다. 해는 점점 저물어 가고 사람들의 발길도 줄어들던 시각, 그는 내게 불을 밝힌 커다란 초를 안겨 주었다.

"오늘 성인이 된 거 축하해."

사실 연애를 시작한 건 1999년 2월이었지만 그는 성인이 되는 날 장미와 향수, 그리고 첫 키스를 선물로 주고 싶다며

100일가량을 기다려 왔다. 그렇게 손꼽아 기다리던 첫 키스의 날이 나무들의 안내를 받으며 눈앞에 다가온 것이다. 그는 어두워진 숲 속을 작은 촛불로 밝혔고, 내게 스무 송이의 장미로 직접 만든 화관을 씌워 주었다. 그리고 은은한 꽃향기의 향수를 선물이라며 건넸다.

이제 남은 선물은 단 하나, 키스. 심장이 두근거렸다. 그는 내 어깨에 손을 올렸고 점점 다가왔다. 그런데 "풋" 하고 그에게서 웃음이 터져 나왔다.

"왜 웃어요?"

"눈을 감아야지."

이런! 그가 다가오고 있음에도 불구하고 계속 눈을 말똥말똥 뜨고 있었던 것이다. 온갖 분위기란 분위기는 다 잡아 놓았는데, 이제 입술만 닿으면 오늘의 이벤트는 마침표를 찍는 건데 그만 어이없는 실수를 한 것이었다. 너무 부끄러워 쥐구멍에라도 숨고 싶은 심정이었다. 내 얼굴은 순간 빨갛게 달아올랐고 이를 눈치챈 그는 더 크게 웃었다.

내가 눈을 뜨고 있었던 데에는 이유가 있었다. 눈을 감고 다가오던 그의 모습이 무척이나 아름다웠기 때문이다. 그의 표정에는 소중한 것을 대할 때의 부드러움이 묻어났고, 가볍게 잡은 손에선 따뜻한 온기가 느껴졌다. 그 모습에 난 쑥스러움도 잊은 채 잠시 넋을 잃었던 것이다. 시선이 느껴졌는지 그는 눈을 떴고 우리의 첫 키스는 그렇게 살짝 미끄러져 버렸다. 물론 한바탕 웃고 난 뒤 성공리에 그날의 이벤트를 마치긴 했지만 말이다. 그렇게 눈을 뜨고 있던 게 어느새 버릇이 되었는지 지금도 입맞춤을 할 때면 그는 살포시 눈을 감지만 난 두 눈을 깜빡이며 그를 바라보곤 한다.

무언가에 빠질 수 있다는 건 참 행복한 일이다. 그리고 빠질 수 있는 그 무언가를 찾았다는 것 또한 행운일 것이다. 난 방비엥에서 눈부시도록 아름다운 풍경을 만나 행복했지만 사실 그와 내가 보낸 매일이 눈부시도록 아름다운 삶이 아닌가 하는 생각이 들었다. 글을 쓰느라 컴퓨터 화면을 뚫어져라 쳐다보는 모습, TV를 보다가 이불도 제대로 덮지 않고 잠이 든 모습, 내가 해 준 음식을 한 숟가락씩 푹푹 떠가며 맛있게 먹는 모습, 햇볕이 좋은 날 하늘색 와이셔츠를 입고 학교 앞 벤치에서 날 기다리는 모습, 귀 청소를 해 달라며 내 무릎에 누워 눈을 껌뻑이는 모습…. 모두가 내겐 그저 눈부시도록 아름답다.

어떤 이는 콩깍지가 씌어서 그렇다고, 그게 떨어지고 나면 상황이 달라질 거라고 말한다. 그래서 콩깍지가 영영 떨어지지 않았으면 좋겠다. 그가 이 세상에서 가장 아름다운 사람이었다는 기억을 간직한 채 눈을 감을 수 있다면 좋겠다. 그랬으면 참 좋겠다.

—
감당할 수
있겠니

햇빛에도 소리가 있다면 와인 잔이 부딪
칠 때 내는 "쨍"하는 맑은 소리가 날 것 같은 오후였다. 하늘
은 파랗고 하얀 구름은 뭉게뭉게 피어올랐다. 눈이 부시도록
아름다운 그날을 난 평생 잊지 못한다. 그 사람의 병명을 처음
들은 날이기 때문이다.

나이 차이가 열한 살이나 나는 우리는 한 번도 같이 학교를
다니지 못했다. 그 사람은 사회생활을, 나는 학교생활을 해야
했기에 데이트라고 해 봤자 주말에 만나는 게 고작이었다. 같
은 과 동문이어서 아는 사람들이 겹치기는 했지만 비밀 연애
를 하던 중이라 아무도 모르던 상태였다. 학교 선후배들은 내

얼굴이 피는 것 같다며 의심의 눈초리를 보냈지만 내가 만나고 있는 그 사람이 같은 과 선배일 거라고는 전혀 예상치 못했다. 우린 비밀 연애의 스릴을 즐겼고 자주 만나지 못해 생기는 그리움 대신 서로에 대한 애틋함으로 매번 설레는 시간을 보냈다.

그러던 어느 날 친하게 지내던 과 선배가 졸업한 선배가 많이 아프다며 내게 무심히 말을 건넸다. 난 내 귀를 의심했다. 그의 이름이었기 때문이다. 아프다는 사람이 그 선배가 맞냐며 몇 번에 걸쳐 확인했다. 겉으론 아무렇지 않은 척했지만 이미 내 손은 떨리고 있었고 심장은 밖으로 튀어나올 것만 같았다. 난 수업에 들어가야 한다며 억지로 자리에서 일어섰고 아무도 없는 반지하 소극장으로 향했다. 어깨가 저절로 흔들렸고 눈에선 쉴 새 없이 눈물이 흘렀다. 새어 나오는 울음소리를 한 손으로 틀어막았고 남은 한 손으로는 가슴을 쥐어뜯었다. 반지하 창문으로 쏟아지던 햇살은 마치 날 비추는 핀 조명 같았다.

강직성 척추염. 그런 병이 있다는 것을 그때 처음 알았다. 아주 소수에게만 오는 희귀병이라는 것도, 원인이 밝혀지지 않아 치료법이 없다는 것도. 치료법이 혹시 있지 않을까 두 눈을 크게 뜨고 인터넷을 찾아봤지만 자꾸만 눈물이 차올라 화면을 제대로 볼 수 없었다. 지금도 눈이 부시도록 아름다운 날

실낱같은 희망이라 말하지 않았다.
사랑이 내게 등을 돌리지 않을 것이라는 걸
알고 있었기 때문이다.

이면 그날의 슬픔들이 떠올라 가슴 한편이 아려 온다.

　그 사람은 고향 근처 병원에 입원해 있었다. 난 주말이면 해가 뜨자마자 집에서 나와 기차에 몸을 실었다. 기차로만 4시간의 거리였지만 몸은 피곤하지 않았다. 다만 그를 볼 수 있다는 생각에 기뻤고, 지난번에 봤을 때보다 더 안 좋아졌으면 어쩌나 하는 걱정이 되어 마음이 분주했다. 처음 봤을 때는 두 다리를 절룩거려 무척 놀랐지만 애써 태연한 척했다. 아마 그 사람도 마찬가지였을 것이다. 그런데 이후에는 그마저도 힘든지 목발을 짚고 나와 있었다. 그렇다면 이번엔….

　"오빠 잘 지냈어요? 오늘은 병원 앞으로 마중도 안 나오고. 치료 받고 있었어요?"

　"어, 실은…. 계단 내려가는 게 힘들어서…."

　목발을 짚는 것마저 어려워 휠체어에 몸을 맡기고 있던 것이었다. 그런 모습을 볼 때마다 얼마나 눈물을 참아야 했는지 모른다. 난 그가 있는 병원에 내려갈 때마다 지난 일주일 동안의 학교 얘기를 들려줬고 전화로는 느낄 수 없는 그 사람의 목소리를 귀에, 마음에 잘 담아 두려 애썼다. 우린 잠시도 손을 놓지 않았다. 살과 살이 맞닿아 만드는 온기 섞인 대화는 말로 전할 수 있는 그 이상이었으니까.

　학생이었던 난 밤 10시쯤엔 집에 들어가야 했고, 그래서 해가 저물 때쯤이면 기차역으로 향해야 했다. 우린 빠르게 흘러가는 시계 초침을 원망하며 더욱 서로의 손을 꼭 쥐었다. 서로의 눈에 자석이라도 달린 양 계속 서로의 눈을 쳐다봤고, 시간이 멈추길 간절히 바랐다. 기차에 올라서서도 난 그가 보이지 않을 때까지 창문에 이마를 붙였고, 그 사람도 아마 기차가 보이지 않을 때까지 그 자리에 우두커니 서 있었으리라. 그 사람을 만나러 아침 기차를 탔을 땐 걱정이 되기도 했지만 설렘도 있었던 터라 홍조 띤 얼굴이었는데, 그와 헤어져 서울로 올라가는 기차에선 여지없이 눈물 바람이었다. 그 사람 앞에서는 참았던 눈물, 아픔을 나눌 수 없는 답답함에 흘린 눈물, 앞으로 얼마나 더 이렇게 아파야 하나 막막함에 흘린 눈물…. 그렇게 매번 서울로 올라가는 기차에서 난 하염없이 울었다. 옆 사람이 눈치채지 않도록 소리 없이….

매주 그가 입원해 있던 병원으로 출퇴근을 하던 어느 날, 그날따라 이상하게도 그는 계속 내 눈을 피했다. 어딘지 모르게 힘겨워 보이고 괴로운 눈치였다. 그렇다. 지난 일주일 사이 나와의 이별을 준비했던 것이다. 밤이면 더 심해지는 통증 때문에 잠 못 이룰 때가 많다더니 나와 헤어질 생각에 마음마저 피폐해진 모습이었다. 헤어지자는 그 말 한마디 하면서도 그는 끝내 내 눈을 쳐다보지 못했다. 그리고 축 처진 그의 손에는 끊임없이 눈물이 떨어지고 있었다.

"나를 좀 보고 얘기해요."

이미 그의 얼굴은 눈물범벅이 되어 있었고 내 시야 또한 점점 흐려졌다. 그는 병실 밖으로 걸음을 옮겼다. 전혀 생각하지 못했던 말이었다. 그저 하루빨리 쾌유되길 바랐지 헤어지자는 말을 들으리라곤 상상도 하지 못했다. 순간 넋이 나갔다. 무엇을 해야 할지, 무슨 생각을 해야 할지, 심지어 내가 어디에 있고, 내가 누구인지 아무런 생각도 들지 않았다. 그렇게 한동안 홀로 병실 침대에 앉아 있었다. 얼마나 시간이 흘렀을까. 내 감각이 내게 말을 건넸다.

'정말 감당할 수 있겠니?'

처음 이 사람과 연애를 시작할 때도 내 안의 또 다른 나는 똑같은 질문을 했다. 정말 감당할 수 있겠니. 대학교 2학년 때 느꼈던 사랑의 감정, 아직 고백도 받지 못해 그가 날 좋아하긴 하는 건지 자신 있게 말할 순 없었지만 왠지 내게 물어봐야 할 것 같았다. 열한 살 차이의 남자, 시인이 되기를 꿈꾸는 사람과 행복하게 살 수 있을까. 그때 내 대답은 내게 처음으로 존경이란 단어를 느끼게 해 준 그를 잃지 말자는 거였다. 돈은 내가 벌 수 있는 거지만 존경할 수 있는 사람은 다시 만나기 힘들 테니까. 가장 중요한 자산은 바로 사람이니까. 그렇게 그와의 연애를 시작하게 해 준 내 안의 또 다른 내가 다시 똑같은 질문을 던지고 있었다. 그리고 그때와 똑같은 대답을 하고 있는 나를 발견했다.

"여태 여기 있었어요? 한참 찾았잖아요. 내가 뜸 놔 줄까? 등 대 봐요."

마음을 정리하고 병원 구석구석을 돌아다닌 끝에 그를 발견한 곳은 평소 쑥뜸을 놓곤 했던 치료실이었다. 여전히 그는 내게 등을 돌리지 않았다.

"이쪽에 붙이면 되는 거죠?"

아무 말도 하지 않았지만 이미 그의 어깨는 내게 많은 말을 건네고 있었다.

"말하지 않아도 괜찮아요. 난 아까 그 말 받아들일 수 없으니까. 당신이 불쌍하다는 생각에 충동적으로 내린 결정 아니에요. 당신을 내 사람으로 받아들인 그 순간에도, 그리고 지금까지도 단 한 번도 허투루 결정한 적 없었어요. 나이가 어려 내린 순진한 생각, 무작정 좋아질 거란 헛된 희망만으로 하는 말 아니에요. 난 당신 건강해지게 만들 거예요. 그리고 보란 듯이 행복하게 살 거예요. 그러니까 나보고 이래라저래라 가라 마라 하지 말아요."

그날 이후 난 매일 생각했다. 휠체어 생활만 할 수 있어도 난 불만 없이 살 거라고, 더 강해지자고 스스로에게 다짐했다. 더 이상 서울로 올라오는 기차 안에서 울지 않았다. 나라도 즐겁고 행복해지자고 다그쳤다. 그래야 그에게 좋은 기운을 전해 하루빨리 병을 털고 일어날 거라고 믿었다.

"오늘 컨디션은 어때요? 나 오늘 시험 봤는데 꽤 잘 본 것 같아요."

사람은 생각하는 대로 살게 되고, 꿈은 반드시 이루어진다는 말을 난 믿는다. 내 마음의 근심을 털어 내고 희망을 심기 시작한 날부터 그의 병세도 눈에 띄게 좋아졌다. 치료에도 소극적이었던 그가 의사 선생님이 시키는 건 하나도 빠트리지 않고 정확하게 지켜 나갔다. 운동, 음식, 생활 습관 등 모든 것을 말이다. 침상에서도 몸을 제대로 일으키지 못했던 그가 이젠 목발 없이도 걸을 수 있는 상태가 됐다. 하루도 빠짐없이 찾아오던 그의 지인들도 한몫했다. 어려운 일에 처하면 진정한 사람이 보인다던데 그 사람 곁엔 나 말고도 함께 아파해 주는 이들이 참 많았다. 그들의 방문은 그에게 큰 활력소가 되었고 덕분에 병실에선 웃음이 떠나질 않았다.

벌써 13년 전의 일이다. 만일 감당할 수 있겠냐는 내 자신의 물음에 아니라고 답했다면 지금 난 어떻게 살고 있을까? 가슴 아픈 사랑을 추억하며 또 다른 남자의 아내가 되었을 수도 있고, 그 사람을 잊지 못해 지금껏 혼자 살고 있을 수도 있

내 생애 최고의 순간을,
나의 인생을
우리가 함께 쓰고 있다.

난 지금 행복하다.

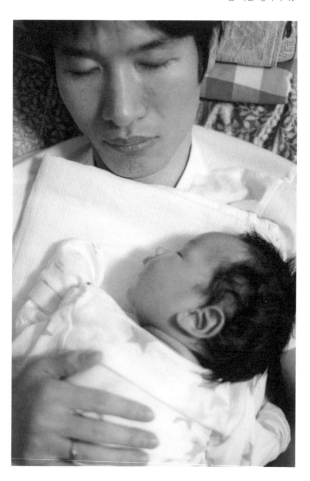

다. 아나운서의 꿈도 그의 제안으로 꾸기 시작했으니 그 사람과 헤어졌더라면 지금쯤 적성에 맞지 않는 사무직을 하고 있을 수도 있고, 그저 전업주부로 육아에만 매달려 살고 있을 수도 있겠다. 그를 택하지 않았다고 해서 무조건 불행한 삶을 살았을 거라고 단정 짓는 게 아니다. 나름 그 안에서 행복을 찾아 살았을 것이다. 하지만 자신할 수 있는 건 지금만큼 한 남자의 사랑을 이토록 많이 받을 수 있었을지, 세상에 무서울 것 없는 지금의 강인한 나를 발견할 수 있었을지 답할 수 없을 것이다.

오늘도 그 사람은 바쁜 아내 대신 20개월 된 아들에게 저녁밥을 먹이고 목욕까지 시키더니 곤하게 잠든 아들 옆에서 같이 곯아떨어져 있다. 앞으로 우리의 삶이 어떻게 될지 알 수 없지만 일단 지금 이 순간, 참 행복하다. 적어도 지금이 내겐 생애 최고의 순간이다.

존경할 수 있는
사랑

베트남 하노이[Hanoi]에서 닌빈[Ninh Binh]으로 가는 기차에서 본 아버지와 어린 딸의 모습은 언젠가 사진첩에서 본 아빠와 내 모습 같았다.

난 2남 1녀의 막내딸로 태어났다. 그것도 첫째 오빠랑은 여덟 살, 둘째 오빠랑은 다섯 살 터울이 지는, 딸을 꼭 낳고 싶어 하시던 부모님의 계획 아래 태어난 예쁜 막내딸이다. 부모님 중에서도 특히 아빠께서 딸을 더욱 원하셨다고 한다. 당시 엄마는 이미 아들 둘을 낳았기에 자식을 더 낳으려 하지는 않으셨지만 아빠께서 이상하게도 두 아들보다 다른 집의 딸을 더 좋아하셨고 이에 속상했던 엄마는 딸을 낳기로 결심하셨던 것이다. 이런 상황에서 태어난 막내딸이다 보니 아빠의 사랑

애써 감추려해도 감춰지지 않는 사랑이 보인다.

은 자연스럽게 내게 쏠렸다. 오빠들에게는 호랑이처럼 무서우셨지만 내게는 큰소리 한 번 내지 않으셨고, 무언가를 사 달라 조르기도 전에 갖고 싶은 것이 없냐고 도리어 물어보곤 하셨다. 이렇다 보니 두 오빠의 민원 창구 역할은 내 몫이었다.

"민정아, 아빠께 오디오 사 달라고 해 봐."

"집에 라디오 있잖아."

"그거 말고 훨씬 좋은 거 있어."

"난 오디오가 뭔지도 모르는데…. 오빠가 얘기하면 안 돼?"

"네가 얘기해야 사 주시지."

사실 난 어려서부터 물건 욕심이 그리 많지 않았다. 설령 갖고 싶은 게 있다 하더라도 엄마가 한 번 안 된다고 하시면 바로 단념했고, 아빠께 얘기하면 얻을 수 있는 것도 엄마가 허락하지 않은 것을 아빠께 조르는 건 엄마 말을 무시하는 것이란 생각에 하지 않았다. 하지만 오빠들에게 꼭 잡혀 있던 난 오빠들의 부탁을 거절할 수가 없었고 결국 할 수 없이 아빠께 얘기하곤 했다. 그러면 아빠께서는 오빠들이 시켜서 하는 말이라는 걸 뻔히 아시면서도 항상 내 부탁을 들어 주셨다.

그렇게 아빠의 사랑을 독차지했던 막내딸이 어느 날 남자 친구라며 지금의 그 사람을 소개했다. 사실 그전부터 부모님은 남자 친구 있으면 데려오라고 하셨지만 그때마다 나중에 결혼할 사람 딱 한 사람만 보여 드리겠다고 얘기할 뿐 남자 친구를 데려간 적이 없었다. 그렇게 대학을 졸업하고 회사에 취직할 때까지 단 한 번도 남자 친구를 소개하지 않았던 딸이 회사에 입사하자마자 남자 친구라며 데리고 왔으니 아마 그때부터 부모님의 고민은 시작되셨을 거다. 딸이 항상 말하던 대로 결혼할 상대로 데리고 온 건지, 그냥 친한 친구라서 데리고 온 건지 헷갈리셨을 테고, 열한 살 연상의 시인이라는 말에 어떤 대답을 내놓아야 할지 생각도 많이 하셨을 것이다.

마침 그때가 KBS 아나운서 합격증을 받은 바로 직후였다. 당시 부모님은 각종 모임에서 딸의 취직을 축하하는 한턱을 내시느라, 또 며느리로 삼고 싶다는 지인들의 말을 웃음으로 넘기시느라 바쁘셨다. 취직을 하지 않았어도 예쁘기만 할 딸인데 모두가 부러워하는 아나운서가 되었으니 부모님의 마음이 어떠했을지는 말하지 않아도 뻔했다.

그런 상황에서 이뤄진 첫 만남이었으니 난 그 사람이 당황할 일이 생기지는 않을까 계속 눈치를 살폈고, 부모님이 화라도 내시지 않을까 조마조마했다. 하지만 생각보다 큰 문제없이 첫 만남이 끝났고 그날 이후 난 부모님이 어떤 말씀을 하실지 성적표를 기다리는 마음으로 조용히 지냈다. 하지만 어찌된 일인지 부모님은 그 사람에 대해서 좋다, 싫다 아무런 반응을 보이지 않으셨다. 두 분 사이에서 어떤 말이 오갔는지는 모르겠지만 적어도 내 눈에는 아무 일도 없던 것처럼 고요하기만 했다. 시간이 흐르면서 그 사람을 부모님께 소개했다는 사실도 잊은 채 정신없이 회사 생활을 했다. 그렇게 5개월쯤 지난 어느 날이었다.

"민정아, 지금도 그 친구 만나고 있니?"

"네, 아빠….."

"결혼하고 싶은 사람이야?"

"네….."

"민정아, 아빠 널 부잣집에 시집보낼 생각은 추호도 없다. 네가 사랑해서 선택한 거라면 모르겠지만 널 몇 푼 안 되는 돈에 파는 것 같아서 그건 아빠가 절대로 싫어. 그러니 아빠 친구들이 며느리 하자는 그런 얘기는 한 귀로 듣고 한 귀로 흘리렴. 그리고 그 친구, 물론 네가 무척 사랑한다는 건 알지만 아직 사회생활을 안 해 봐서 어린 마음에 그런 결정을 내린 건지도 몰라. 그러니까 사회생활 1년만 더 해 보고 결정하자. 그래도 되겠니?"

무일푼으로 서울에 올라와 힘겨운 세월 속에서도 대학원까지 마치신 아빠께서는 말씀은 없으셨지만 사랑스러운 막내딸만큼은 그런 고생 없이 편하게 살기를 원하셨을 것이다. 그때 아빠의 목소리는 그 어느 때보다 침착하셨고 혹시나 딸이 아빠의 말을 오해하지는 않을까 걱정하시는 듯 조심스러우셨다. 아빠 말씀대로 하겠다고 대답했고 내 눈에선 나도 모르게 굵은 눈물이 주르륵 흘러내렸다.

대학교 2학년 때 난 그와의 만남을 받아들임과 동시에 결혼까지도 결심했다. 난 언제든 새로운 사람을 만날 수 있는 스무 살이었지만 그는 이미 결혼을 생각해야 할 서른한 살이었기 때문이다. 그저 한번 데이트나 해 보지 하는 가벼운 마음으로 만남을 지속할 수는 없었다. 그만큼 확고한 생각으로 만났던 사람이었다. 하지만 결혼이라는 현실은 겪어 보기도 전에 겁부터 나게 만들었다.

"분명 쉽진 않을 텐데 끝내 허락 안 해 주시면 어쩌죠? 우리 아빠 무서운데…. 무지 맞을지도 몰라요. 오빠들을 먼저 매수해 볼까요? 아니야, 오빠들이 더 반대할지도 몰라. 차라리 도망이라도 칠까요? 자식 이기는 부모 없다고 하잖아요."

연애하는 5년 내내 어떻게 해야 결혼 허락을 받을 수 있을지 온갖 상상력을 동원했다. 하지만 난 결국 정답을 찾지 못했고 일단 부딪쳐 보자는 심정으로 그 사람을 부모님께 소개했다. 맞을 각오도 되어 있었고 쫓겨날 수 있다는 생각도 했다. 아무리 내겐 너그러운 아빠시지만 결혼만큼은 오빠들에게 그랬듯 호랑이처럼 무서울 것이라 확신했으니까. 하지만 아빠께서는 이 못난 딸에게 화를 내시기는커녕 차분한 목소리로 1년만 지켜보고 싶다고 말씀하셨다. 그 말을 들은 난 고생 없이 살았으면 하는 아빠의 기대를 저버린 것 같아 죄송스러웠다. 그저 막무가내로 반대만 하실 거라 여겼던 내 생각이 얼마나 짧았는지 부끄러워 고개를 들 수가 없었다. 딸은 참 못난 생각을 많이도 하고 있었는데 아빠께서는 그 모든 걸 무의미하게 만드시며 상상하지도 못할 만큼의 사랑으로 감싸 주셨다. 난 그날 아빠 앞에서 한참을 울었고 아빠께서는 내 마음을 위로하시려는 듯 아무 말 없이 커다란 손으로 어깨를 쓰다듬어 주셨다.

그 후 지방으로 발령이 나 전주와 창원에서 1년 동안 근무를 했다. 그와 멀리 떨어져 있어야 했지만 지역 근무 1년이 지나면 부모님의 완전한 허락이 떨어질 거란 생각에 힘든 줄도 몰랐다. 오히려 떨어져 있는 동안 서로에 대한 사랑을 다시 확인할 수 있었고 주말에 한 번씩 하는 데이트는 처음 만나 사랑을 속삭일 때처럼 애틋했다.

그렇게 1년을 보냈고 내가 여쭤 보기도 전에 아빠께서 먼저 날 부르셨다. 1년 전 얘기를 기억하느냐는 말씀이셨다. 아빠께서는 이것저것 묻지 않으시고 그저 지금의 마음이 그때와 전혀 변함이 없는지만 물으셨다. 난 작지만 확고한 목소리로 그렇다고 얘기했고 아빠께서는 조금의 망설임도 없이 흔쾌히 우리의 결혼을 허락하셨다.

"민정아, 인생은 누가 대신 살아 주는 게 아니란다. 너의 인생은 아빠도 엄마도 대신 살아 줄 수 없기 때문에 허락하는 거야. 분명 쉽지는 않을 거야. 그럴 땐 항상 아빠가 뒤에서 든든히

받쳐 주고 있다는 거 잊지 말고 후회 없이 행복하게 살아야 한다. 우리 민정이는 분명 잘 해낼 거야! 아빠는 우리 딸 믿는다."

결혼한 지 8년이 지난 지금도 아빠께서는 날 보실 때마다 힘든 일은 없는지, 있으면 언제든지 얘기하라고 말씀하신다. 그러곤 대견하다는 듯 우리 부부를 바라보신다. 하나밖에 없는 딸을 데려간 사위가 못마땅할 때도 있으실 텐데 단 한 번도 싫은 소리를 하지 않으셨다. 오히려 하나밖에 없는 사위라며 더 잘해 주셨고, 가끔 일이 바빠서 찾아뵙지 못하면 보고 싶다고도 하셨다.

어릴 땐 위인전에 나오는 사람을 존경했고, 연애를 하면서는 지금의 남편을 존경했고, 지금은 내 부모님을 가장 존경한다. 존경한다는 것은 아마도 그처럼 살고 싶은 마음일 것이다. 그 사람의 행동, 그 사람의 인품, 그 사람의 비전을 사모하고 닮아가고 싶은 마음 말이다. 이 글을 쓰면서 아빠께 전화를 드렸다. 그저 식사는 하셨는지, 아픈 곳은 없으신지 하는 일상적인 질문이었지만 아빠께서는 늘 그렇듯 같은 말씀을 하신다.

"힘든 일은 없고? 뒤에 이 아빠가 있다는 걸 명심해!"

과연 아빠처럼 넓은 마음으로 자식을 감쌀 수 있을까, 이렇게 든든한 버팀목이 되어 줄 수 있을까 생각하면서 자신은 없지만 마음속에 잘 담아 둔다. 나도 이제 막 한 아이의 부모로 첫발을 내디뎠기 때문이다.

베트남 하노이를 여행했을 때 우리는 저녁을 먹고 오랜만에 산책을 하자며 호숫가로 나갔다. 호안키엠Hoan Kiem이라는 이름의 호수 주위에는 울창한 나무와 프랑스식 건물들이 아름답게 조화를 이루고 있었다. 서늘한 저녁이면 현지인이건 관광객이건 모두들 몰려나왔다. 손자와 손녀를 데리고 나온 할머니들, 이어폰으로 열심히 뭔가를 들으며 운동을 하는 예쁜 몸매의 아가씨, 그리고 다정하게 손을 잡고 데이트를 하는 연인들까지 호안키엠은 모두가 함께 어우러질 수 있는 열린 공간이었다.

그곳에서 우리는 사람들 시선은 아랑곳 않고 자유롭게 포즈를 취하며 사진 찍기 놀이를 하고 있었다. 그런데 어디선가 한

커플이 나타나 우리에게 휴대전화를 건네주며 사진을 찍어 달라고 요청했다. 아직 그들에게 카메라는 고가의 물건이라 한국에서만큼 그리 흔하게 볼 수 있는 건 아니었다. 그래서 난 내 카메라로 찍고 이메일로 보내 줄 테니 이메일 주소를 알려 달라고 했다. 그러자 이번에는 쑥스러운 표정을 짓더니 고개를 절레절레 흔들었다. 없다는 뜻이었다. 내가 두 사람을 머쓱하게 만든 건 아닌지 괜스레 미안해지기도 했다.

카메라에 담긴 두 남녀의 모습은 많이 닮아 있었다. 160센티미터도 채 안 되어 보이는 키는 물론이고 똘망똘망한 눈, 도톰한 입술, 선한 웃음까지 꼭 오누이처럼 보였다. 서로의 손을 꼭 붙잡은 모습을 보니 아마도 곧 결혼할 사이인 것 같았다.

나와 그 사람도 같이 다니면 오누이 아니냐는 말을 종종 듣는다. 아마 연애 7년, 결혼 8년 총 15년을 함께 지내다 보니 우리도 모르는 사이 웃는 모습이, 찡그린 모습이 점점 닮아 가나 보다. 이런 우리를 두고 역시 천생연분이라 하기도 하고, 또 어떤 이는 한 사람을 그렇게 오랫동안 만나면 지겹지 않느냐고 짓궂은 질문을 하기도 한다. 그런데 사실 그동안 우린 지겨울 만큼 자주 만나지는 못했다.

대학 시절에는 내가 동아리 활동을 하느라 바빠 일주일에 한 번 시간 내기도 쉽지 않았다. 동아리 활동이 좀 한가해질 4학년 때는 캐나다로 1년 동안 어학연수를 떠났다. 그리고 KBS에 입사해서는 또다시 1년 동안 지방 근무를 해야 했다. 그러다 보니 우리의 연애 기간 7년 동안 데이트는 한 달에 두세 번이 고작이었다. 그래서 항상 서로 애틋한 마음을 갖고 있는지도 모르겠다.

하지만 이렇게 오래 만났다고 해서 마치 통과의례처럼 결혼하고 싶지는 않았다. 이미 처음 만날 때부터 결혼을 염두에 두고 만나긴 했지만 일생에 한 번뿐인 프러포즈도 받지 못하고 결혼할 수는 없었다.

"정식으로 프러포즈하지 않으면 결혼 안할 거예요."

난 농담 반 진담 반으로 자주 그 사람에게 강조했고 그는 부드러운 미소와 함께 알았다는 대답만 했다. 몇 달이 흘러 상견례하기로 한 날이 점점 다가오고 있었다. 당시 난 KBS에 갓 입사해 창원으로, 전주로 순환 근무를 하고 있었고 그 사람도 서울에서 바쁜 시간을 보내고 있었다.

'치, 시간은 자꾸 흐르는데 이러다 프러포즈도 못 받고 결혼하는 거 아니야?'

일주일에 한 번씩 만나러 오는 그 사람을 볼 때면 불현듯 이 생각이 머리를 스치고 지나갔다. 하지만 시간이 제법 흘러 거의 단념하고 있던 어느 날이었다.

"왜 불 껐어?"

무더운 여름날, 주말 근무를 마치고 화장을 지우러 들어갔다 나오는데 집 안이 어두컴컴했다.

"불 켜지 말고 이리 와 봐."

거실 쪽에서 작은 불빛이 새어 나왔고, 그의 목소리가 들려왔다.

벽을 더듬어 가니 작은 초 두 개가 탁자 위에서 일렁이고 있었다. 그 옆에는 언젠가 선물로 받았던 와인과 잔 두 개가 놓여 있었다. 그리고 부드러운 미소를 띠고 그가 앉아 있었다.

"많이 기다렸지? 원래는 바닷가에서 하고 싶었는데 당신이 너무 바빠 계속 눈치만 살피다 날짜는 자꾸 다가오고, 세상에서 가장 근사하고 잊지 못할 프러포즈를 하고 싶었는데…."

그의 목소리가 평소와 다르게 떨리고 있었다.

"당신에게 청혼하기 위해서 아주 오래전부터 준비해 온 시가 있어. 아직도 마음에 들지 않는 부분이 좀 있긴 하지만 그래도 들어 줄래?"

"날 위한 시? 와, 들려줘요."

시는 〈청혼〉이라는 제목으로 시작했다.

외로움이

그리움이

삶의 곤궁함이 폭포처럼 쏟아지던

작은 옥탑방에서도

그대를 생각하면

까맣던 밤하늘에 별이 뜨고

내 마음은

이마에 꽃잎을 인 강물처럼 출렁거렸습니다.

늦은 계절에 나온 잠자리처럼

청춘은 하루하루 찬란하게 허물어지고

빈 자루로 거리를 떠돌던 내 영혼 하나 세워 둘 곳 없던 도시에

가난한 시인의 옆자리에서 기어이 짙푸른 느티나무가 되었던

당신.

걸음마다 질척이던 가난과 슬픔을 뒤적여

밤톨 같은 희망을 일궈 주었던 당신.

슬픔과 궁핍과 열정과 꿈을 눈물로 버무려

당신은 오지 않은 내일의 행복을 그렸지요.

그림은 누추하지 않았습니다. 다만 눈이 시렸을 뿐.

수많은 기억들이 봄날의 벗꽃처럼 흩날려 버릴 먼 훗날,

어려웠던 시간, 나의 눈물이

그대에게 별빛이 되고

나로 인해 흘려야 했던 그대의 눈물이

누군가에게 다시 별빛이 될 것입니다.

가을을 감동으로 몰고 가는 단풍의 붉은 마음과

헛됨을 경계하는 은행의 노란 마음을 모아,

내 눈빛이

사랑이라는 한마디 말도 없이

그대의 마음속으로 숨어 버린 그날 이후,

내 모든 소망이었던 그 한마디를 씁니다.

저와 결혼해 주시겠습니까!

푸른 하늘에

구름을 끌어와

눈이 시리도록 아름다운 그대의 사랑에 대하여 쓰며

천사들에게 보여 주고 싶은 날들입니다.

흐르는 눈물을 주체할 수 없었다. 떨리는 목소리로 사랑을 고백하는 한 남자를 바라보며 가장 행복한 웃음을 지어야 하는데 내 눈과 마음에선 계속 굵은 눈물이 흘러내렸다. 마치 쏟아지는 비를 감당하지 못하고 터져 버린 둑처럼 가슴속은 먹먹했고 손과 발은 저려 왔다.

모든 게 꿈만 같았다. 아나운서 생활로 바쁜 나날을 보내고 있는 것도, 부모님의 축복 속에 결혼 날짜를 잡은 것도 옥탑방에서 연애를 하던 당시엔 그저 상상 속에 존재하던 일이었으니까. 그런데 우리의 꿈은 마치 예정된 길이었던 것처럼 눈앞에 펼쳐졌고 꿈결같은 그 길에 서로 손을 잡고 서 있었다.

그동안 참 많은 일들이 있었다. 어느 날 그 사람이 취직을 하겠다고 말했다. 아마 내가 대학을 졸업하고도 아직 직장을 잡지 못하고 있을 때였던 것 같다. 대부분의 남자들이 그렇듯 곧 이루게 될 가족을 위해서 자신의 꿈을 접고 돈벌이에 나서겠다는 것이었다. 그때 난 곧바로 반대의 뜻을 단호히 밝혔다.

"난 싫어요. 만약 날 만나지 않았다면 가족을 위해 돈을 벌어야겠다는 의무감도 없었을 테고 그러면 시인의 꿈도 접지 않을 거 아니에요. 당신은 내게 꿈을 심어 줬고 또 그 꿈이 이뤄질 수 있도록 도와주고 있는데 어떻게 내가 당신에게 꿈을 꺾으라고 말할 수 있겠어요? 나 자신 있어요. 나 아나운서 될 수 있다고요. 그러니까 나 때문에 당신 꿈 꺾지 말아요."

그의 눈은 웃고 있었지만 내 눈엔 울고 있는 것처럼 보였다. 말은 괜찮다고 했지만 눈빛은 분명 슬퍼 보였다. 사랑을 위해 자신의 꿈을 버려야 하는 현실이 원망스러웠을 것이다. 그 말을 꺼내기까지 사랑하기 때문에 이별을 말해야 하는 사람처럼 괴로웠을 것이다. 그는 말하는 내내 눈을 마주치지 않으려 자

지금도 난 매일 생각한다.

어느 누가 나를… 사랑으로 써 내려갈까.

꾸 다른 곳에 눈길을 뒀고 그 모습은 내 마음을 더 아프게 했다. 그리고 속으로 굳게 다짐했다. 꼭 아나운서가 되어 그의 꿈을 펼칠 수 있게 해 주리라고.

이렇듯 아나운서가 되는 것은 내 꿈을 이루기 위한 것이기도 했지만 그 사람의 꿈을 지켜 주기 위한 것이기도 했다. 또 두 사람이 부모님 도움 없이도 살 수 있는 경제적인 여건이 되어야 결혼을 허락해 주실 거라 생각했기에 결혼하기 위해서라도 난 꿈을 이뤄야 했다. 그런데 난 아나운서라는 꿈을 이루었고, 그 사람은 시인의 꿈을 이루었으며, 드디어 축복 속에서 그 사람과 하나가 되는 꿈까지 이룬 것이다.

난 시를 들으며 혀를 살짝 깨물어 봤다. 기분 좋은 짜릿함이 혀끝으로 전해졌다. 꿈이 아니었다. 처음엔 조금 떨리는 듯했던 그의 목소리가, 불안정할 것만 같던 우리의 삶이 점점 자리를 잡아가는 것처럼 어느새 평온해졌다. 그 사람은 내게 좋은 반지를 손가락에 끼워 주지 못해 미안하다고 했지만 내가 받은 〈청혼〉 시는 오랜 시간 조개가 진주를 품듯 그의 마음속에서 수백 일 동안 품어 온 이 세상에 단 하나밖에 없는 진주였다.

반년이 흐른 후 우린 청첩장에 〈청혼〉 시를 담아 지인들에게 결혼을 알렸고 2005년 10월 9일 한글날, 아름드리 은행나무가 드리워진 야외에서 결혼식을 올렸다. 시에 나오는 것처럼 푸른 하늘에 구름이 두둥실 떠 있었고 햇살은 눈부셨다. 천사들에게 보여 주고 싶을 만큼 정말 아름다운 풍경이었다.

결혼 후 계속 아파트 생활을 하다 1년간의 중국 유학을 마치고 돌아와 하늘과 맞닿은 북한산 자락에 터전을 잡았다. 그의 청혼시 풍경과도, 그리고 우리의 결혼식 풍경과도 참 많이 닮아 있는 곳이었다. 창밖으로 산과 하늘이 눈과 마음을 맑게 하고 바람이 머릿속까지 시원하게 해 주는 곳, 아침엔 새소리와 함께 일어나고 저녁엔 귀뚜라미 소리와 함께 하루를 마무리하는 곳 말이다. 우리는 지금도 〈청혼〉 시가 만들어 낸 마법에 걸린 것처럼 시 속 세상에서 시처럼 살아가고 있다.

옥탑방 고양이로
살아갈 것이다

우리는 옥탑방 고양이였다. 강남구가 아
닌 은평구 신사동, 작은 언덕배기를 살짝 올라가면 보이는 3층
짜리 주택, 그 가장 꼭대기에 자리한 옥탑방. 그 옥탑방은 우
리의 연애사가 담긴 곳이기도 하고 미래를 설계하던 곳이기도
했다.

대부분의 자취방이 그렇듯 그 사람이 결혼 전 살았던 옥탑
방은 아주 작았다. 변기와 세면대를 제외하면 겨우 샤워를 할
수 있을 만큼의 공간이 남는 화장실, 개수대와 가스레인지를
놓으면 꽉 들어차는 작은 부엌, 책상과 작은 냉장고, 한쪽 벽
을 가득 채우던 책을 빼면 네 사람 정도가 간신히 누울 수 있
는 작은 공간, 그것이 전부였다. 하지만 우리는 그곳에서 고개

만 내밀면 볼 수 있던 하늘만큼이나 높고 푸른 꿈을 꾸었다.

나는 태어나 처음으로 그 옥탑방에서 미역국을 끓였다. 음식이라고는 라면 끓이는 것밖에 할 줄 몰랐지만 사랑하는 사람의 생일을 축하해 주기 위해서라면 못할 것이 없었다. 그래서 난 인터넷을 뒤졌고 해산물을 좋아하는 그의 취향을 고려해 소고기 대신 홍합으로 미역국을 끓였다. 홍합은 하나하나 정성껏 손질을 하고 뽀얀 국물이 우러날 때까지 끓인 후 껍데기와 알맹이를 일일이 분리했다. 어느 정도 불린 미역은 다시 깨끗하게 씻은 다음 먹기 좋게 한 가닥 한 가닥 적당한 길이로 잘랐다. 이렇게 공을 들여 탄생한 미역국은 그의 입맛을 제대로 사로잡았고 그는 지금껏 먹어 본 미역국 중에서 가장 맛있다며 행복해 했다. 워낙 부엌이 좁아 방바닥에 이것저것 재료들을 펼쳐 놓고 요리를 해야 했고, 방을 정리하지 않으면 식사를 할 공간이 없을 만큼 비좁았지만 함께 밥을 해 먹을 수 있는 곳이 있다는 것만으로도 마냥 행복했다.

더운 여름이면 옥탑방은 태양과 더 뜨겁게 사랑을 나눠 방안은 후끈후끈했다. 물론 작은 선풍기가 한 대 있기는 했지만 그보다 더 시원한 것이 있었다. 마주 본 창문을 활짝 열어 놓으면 상쾌한 나무 향기와 함께 시원한 바람이 들어왔다. 마치 시골 오두막에 앉아 있는 것처럼 우리는 방 한가운데에 앉아 바람을 맞으며 잘 익은 수박을 숟가락으로 사정없이 퍼먹곤 했다. 봄에는 달콤한 아카시아 향기가 우리를 감쌌고 여름에는 귀여운 매미들의 울음소리가, 가을에는 청명한 하늘이 우리의 눈과 귀를 즐겁게 해 주었다.

"오빠, 우리 나중에 결혼해서도 계속 이 방에서 살까요?"

"불편하지 않겠어?"

"난 좋은데요. 전혀 불편하지 않은데다가 항상 오빠랑 붙어 있을 수 있잖아요. 아무튼 난 청소하기 힘든 큰 집보다 오빠가 뭘 하는지 다 볼 수 있는 이런 작은 곳이 좋아요. 이 정도면 충분할 것 같은데요?"

진심이었다. 함께할 수만 있다면 집의 크기는 전혀 문제가 되지 않았다.

하지만 결혼 후 우리는 옥탑방보다는 넓은 집에 보금자리를 꾸렸다. 옥탑방에 비하면 화장실은 거품 목욕을 할 수 있는 욕조도 있을 만큼 넓었고, 부엌은 스무 명분의 집들이 음식도 거뜬히 해낼 수 있을 정도였다. 또 방은 두 개나 되어 하나는 우리의 침실로, 다른 하나는 가끔 찾아오는 손님들을 위한 손님방으로 꾸몄다.

처음엔 이것저것 꾸밀 수 있는 공간이 많아 신나기도 했지만 단점도 있었다. 일단 쓸데없는 물건들이 자꾸만 들어차 빈 공간은 점점 줄어들었고, 나중에는 필요한 물건이 어디에 있는지도 모를 지경이 되었다. 게다가 청소하기는 왜 그렇게 힘들던지 서로 미루고 미루다가 결국 손님이 오면 대청소를 하는 걸로 정하기도 했다. 어디 그뿐인가. 싸우기라도 하면 두 개의 방에 각자 틀어박혀 있느라 화해의 시간은 점점 늦춰졌다.

그러다 우린 칭다오靑島로 떠났고 그곳에는 예전 그 옥탑방처럼 작은 방이 우릴 기다리고 있었다. 물론 진짜 옥탑에 있는 방은 아니었지만 방과 화장실만 있는, 싸우면 어디 갈 데도 없는 칭다오 대학교의 기숙사는 크기로 봤을 땐 옥탑방과 별반 다르지 않았다. 처음에는 부엌도 없는 방에서 어떻게 밥을 해 먹고, 손님이 와도 앉을 자리 하나 없는 이 좁은 곳에서 어떻게 생활하나 걱정했다. 넓은 집으로 이사할까 생각도 했지만 우린 곧 그 작은 방에서 연애하듯 살아 보기로 마음먹었다.

일단 그릇은 하늘색 중국 전통 문양이 들어간 것으로 딱 두 사람분만 장만했다. 때론 그릇이 너무 부족해 한 접시에 반찬을 두 가지씩 담기도 했지만 정성껏 만든 음식의 맛은 그릇이 어떻든 전혀 상관없었다. 설거지가 귀찮아 냄비에다 바로 밥을 말아 먹기도 했고, 상이 너무 좁아 제대로 배열하지 않으면 그릇을 다 올리지 못했다. 하지만 이상하게도 그런 생활이 싫지만은 않았다. 오히려 옥탑방에서의 추억이 떠오르면서 밥상을 풍성하게 하는 또 하나의 반찬이 되곤 했으니까.

우리 둘은 식사 때가 되면 손발이 척척 맞는 환상의 복식조였다. 내가 콩나물이나 숙주, 시금치 등 채소를 대충 다듬어서 건네면 그 사람은 깨끗하게 씻었다. 그 사이 나는 나물에 들어 갈 양파나 파를 잘게 다지고 나물 데칠 물을 올렸다. 물이 어느 정도 끓기 시작하면 약속이라도 한 듯 그는 깨끗하게 씻은 채소를 건네줬고, 간장이며 소금 등 필요한 양념장들을 척척 내 손에 안겨 줬다. 조물조물 나물을 다 무치고 나면 그 사람이 간을 보고 이상이 없으면 다음 단계로 넘어가는 식이었다. 한국에 있을 때부터 같이 식사를 준비해서인지 아무리 좁은 공간이라도 우리 두 사람의 손만 거치면 푸짐한 한상이 떡 차려지곤 했다.

물론 부엌도 싱크대도 없이 방바닥에서 작은 전기스토브로 밥을 하다 보면 불편함에 가끔 짜증이 나기도 했지만 우린 마치 엠티 온 것 같다며 그마저도 즐기려고 노력했다. 싱싱한 소라를 삶아 먹을 때면 내 입보다는 상대방의 입에 먼저 넣어 주었고, 동태찌개를 끓여 먹을 땐 가시를 발라 서로의 밥 위에 얹어 주곤 했다. 어릴 적 아파트 앞에 돗자리를 깔아 놓고 흙과 꽃잎으로 소꿉놀이를 하던 아이들의 모습처럼 말이다.

훌륭한 음질의 오디오는 없지만 노트북에서 흘러나오는 보사노바 음악을 들으며 카페에 온 듯 대화를 나누었고, 케니 지의 색소폰 연주에 맞춰 블루스를 추기도 했다. 딱 붙어 있는 두 개의 책상에 나란히 앉아 각자 글을 쓰기도 했고, 좋아하는 TV 프로그램을 할 때면 의자를 돌려 앉아 안락한 소파 부럽지 않게 TV를 보기도 했다.

　이런 생활을 하며 '그동안 한국에 살면서 참 많은 물건들을 이고 지고 살았구나' 하는 생각이 들었다. 엉덩이 높이밖에 오지 않는 작은 냉장고로도 두 사람이 먹을 수 있는 음식을 충분히 보관할 수 있는데 한국에선 양문형 큰 냉장고도 모자라 김치냉장고까지 항상 가득 채워서 살았으니 말이다. 그릇이 하나 가득인데도 자꾸만 새것에 눈길을 주었고, 오디오가 버젓이 있는데도 음질이 좋지 않다며 또 다른 것을 사자고 조르던 내가 참 욕심꾸러기처럼 느껴졌다.

　어릴 적 소꿉놀이할 때는 진짜 칼과 음식 재료가 없어도 항상 재미있었다. 엄마 손수건을 예쁘게 머리에 두르고, 커다란 보자기는 허리에 둘러 앞치마라고 했다. 구멍이 났거나 찌그러진 손바닥만 한 코펠 두 개만 있으면 알록달록한 소꿉놀이 장난감이 부럽지 않았다. 곰돌이가 그려진 20센티미터 자는 칼, 화단의 턱은 세상에서 제일 긴 도마, 이름도 알 수 없는 각종 풀과 꽃은 신선한 음식 재료, 그중에서도 손톱으로 살짝 으깨면 뽀얀 가루가 나오는 검정 분꽃 씨앗은 최고의 재료였다. 플라타너스 잎처럼 넓은 잎사귀는 멋진 접시 역할을 해 줬고 먹는 연기가 끝나면 설거지하는 것도 잊지 않았다. 그렇게 어렸을 땐 부족하면 부족한 대로 그 안에서 즐거움을 찾았는데, 어른이 되어서는 이미 많은 것을 갖고 있으면서도 왜 자꾸 더 닮아가고 있다. 우리…

갖기를 원하는지 모르겠다.

1년간의 기숙사 생활을 끝내고 나는 다시 일상으로 돌아왔다. 동료의 집이 부자 동네에 있는 넓은 평수의 브랜드 아파트라는 얘기를 들었을 때, 하루가 다르게 갖고 싶은 다양한 신제품이 쏟아져 나올 때 남과 비교하지 않고 만족하며 살아갈 수 있을까? 항상 누군가보다 더 많이 갖고 싶고, 더 좋아 보이고 싶은 욕망 때문에 또다시 물질에 끌려다니지는 않을까 걱정도 된다. 어린아이들이 흙과 돌멩이에서 자신들이 원하는 모든 것을 만들어 내듯이 무언가가 있든 없든 항상 행복할 수 있어야 할 텐데 말이다. 그럴 때마다 난 기숙사 작은 방에서의 추억을 떠올릴 것이다.

"우리 앞으로도 소꿉놀이하듯 살자. 내가 예쁜 아내 할게, 당신은 자상한 남편 해."

그렇게 우리는 언제나 옥탑방 고양이로 살아갈 것이다.

나는 당신이 되고,
당신은 내가 되어

　　　　신혼 초 우리 두 사람은 참 많이도 싸웠
다. 7년을 연애했기에 싸울 일이 없을 줄 알았고, 연애하는 동
안에도 거의 다툰 적이 없어 결혼을 해도 마찬가지일 거라고
생각했다. 하지만 예상과 다르게 결혼하고 처음 두 달 동안은
지겹도록 싸웠다. 내 성격에 문제가 있는 건 아닌지, 애초에
서로 맞지 않는데 잘못 결혼한 건 아닌지 별생각이 다 들었다.
그럴 수밖에 없었던 것이 주위 사람들 중 신혼 초에 자주 싸운
다는 얘기를 해 주는 사람은 단 한 명도 없었다. 모두들 신혼
초가 결혼 생활 중 제일 행복한 때라고 말하곤 했으니까. 그러
다 보니 누구에게 털어놓지도 못하고 속으로만 끙끙 앓았다.
　무슨 일로 그렇게 싸웠는지 지금은 생각도 잘 나지 않지만

마무리는 항상 비슷했다. 난 서운한 점을 대화로 풀고 싶어 애기를 시작했지만 나의 행동은 오히려 그를 더 화나게 만들었다. 반면 그 사람은 흥분이 가라앉은 후 애기를 하고 싶어 묵묵부답으로 일관하면 나는 그것을 오히려 더 참지 못했다.

"도대체 왜 말을 안 하는 건데! 말을 해야 오해가 풀릴 것 아니에요!"

벽과 얘기하는 기분이었다. 한 번은 너무 화가 난 나머지 강소주를 벌컥벌컥 들이켜기도 했다. 내 주량은 소주 반병 정도였고, 회식이 아니면 술을 그다지 즐기는 편도 아니었다. 그런 내가 혼자 술을 마신 것이다. 사실 이건 모두 계산된 연극의 일종이었다. 무슨 말을 해도 대꾸를 하지 않던 그였기에 내가 술 마시는 모습을 보여 주면 뭔가 반응을 보이지 않을까 싶어서였다. 그래서 한밤중에 일부러 냉장고 문을 세게 열었고, 소주병도 최대한 병 부딪히는 소리를 내며 요란스럽게 꺼냈다. 그러곤 병뚜껑을 딸 때도 될 수 있는 한 큰 소리가 나도록 했다. 그러면 영화에서처럼 남자가 뛰쳐나와 여자의 손목을 잡고 제지할 거라 생각했다. 하지만 현실은 잘 짜인 영화 각본이 아니었다. 소주 반병을 안주도 없이 들이켰지만 그는 제지하기는커녕 내가 뭘 하는지 나와 보지도 않았다.

이튿날 다른 방에서 자다 안방으로 들어온 그는 난장판이 된 방에서 술 냄새까지 풀풀 풍기며 자고 있는 날 보고 놀라

깨웠다. 그제야 어젯밤의 소리들이 무슨 의미인지 알아차린 그는 언제 싸웠냐는 듯 박장대소를 했다. 나도 내 행동이 어이없어 그를 따라 실컷 웃으며 자연스럽게 화해를 했다.

그 외에도 사이좋게 집을 나왔다가 차 안에서 크게 싸워 예약해 놓은 콘서트도 보지 않고 입구에서 차를 돌려 돌아온 적도 있었고, 화가 나서 집을 나오기는 했는데 갈 데는 없고 결국 차 안에서 혼자 청승맞게 앉아 있기도 했다. 서로 상대방의 입장이 되어 보면 그리 심각하게 으르렁거릴 일도 아닌데 쓸데없이 감정을 너무 허비하며 살았던 게 아닌가 싶다.

오랜 시간 사람들의 경험이 축적되어 만들어진 기원전의 〈주역周易〉을 보다가 인간사란 그때나 지금이나 별반 다르지 않구나 하며 고개를 끄덕였다. 바로 하늘天 위에 땅地을 올려놓은 모양의 지천태괘地天泰卦를 보면서였다.

泰小往大來 吉享 則是天地交 而萬物通也 上下交 而其志同也
태괘는 작은 것이 가고 큰 것이 오기에 길하고 형통하다.
이것은 천지가 만나고 만물이 통하는 것을 의미한다.
상하가 만나고 그 뜻이 같다.

하늘과 땅의 위치가 바뀌어 있는 것은 분명 자연스러운 일이 아니다. 하지만 공자 이후 시대의 사상가들은 이를 하늘과 그 누구도 가득 채우라 강요하지 않았다.
그저 내가 스스로 가득 채워 왔을 뿐.
사랑….

땅이 만나 화합을 이루는 것이라고 해석했다. 하늘의 기운은 위로 향하고 땅의 기운은 아래로 향하는 것이기 때문에 서로 뒤바뀌어야 통할 수 있고 만날 수 있다는 것이다. 하지만 이와 반대의 괘卦인 천지비괘天地否卦는 좋지 않은 예로 들고 있다. 땅 위에 하늘을 올려놓은 모양은 가장 자연스럽기는 하지만, 위로 올라가려는 하늘의 기운과 아래로 내려가려는 땅의 기운이 만나지 못해 통하지 않는다는 것이다.

물론 이에 대해 다양한 해석들이 있긴 하지만 내겐 사람과의 관계에 대한 가르침으로 다가왔다. 마땅히 위에 있어야 할 하늘은 밑으로 내려와 땅을 이해하고 반대로 땅은 위로 올라가 하늘을 이해하는 역지사지易地思之의 마음 말이다. 선생님이 학생들의 넘치는 끼를 이해해 그것을 더 키울 수 있도록 돕는다면 학생 또한 선생님의 고단함을 이해하고 더 잘 따를 수 있게 될 것이다. 상사는 부하 직원들의 다양한 의견을 가감 없이 펼칠 수 있도록 장을 마련하고, 부하 직원은 각기 다른 요구를 아울러야 하는 상사를 이해한다. 이렇게 모두가 서로의 입장이 된다면 크게 이해하지 못할 일도 없을 것이고 자연스레 목소리를 높일 일도 줄어들 것이라는 의미다.

우리 두 사람도 신혼이 지나며 순간순간 상대의 입장이 되어 보려는 노력을 하니 전보다 서로를 더 잘 이해하게 되었다.

더 나아가 난 대부분의 남편들처럼 집안의 경제를 책임지다 보니 밖에서 일하는 남편들의 마음을 저절로 공감하게 되었고, 그 사람은 글 쓰는 일을 집에서 하다 보니 종일 남편의 퇴근 시간만을 기다리는 아내들의 마음을 자연스럽게 이해하게 되었다.

회식을 하다 보면 가끔 늦은 시각이 되도록 전화를 하지 못할 때가 있다. 그건 일부러 안 했다기보다는 상황이 전화를 할 수 없게 만들기 때문이다. 이것만 마시고 일어나겠다고 분명히 말했지만 정말 마지막, 진짜 마지막 하면서 계속 마지막 잔이 늘어났고, 그러다 보면 집에 들어가겠다고 약속한 시간보다 한두 시간이 훌쩍 넘어 버리곤 했다. 어떤 때는 마시고 싶지 않지만 어쩔 수 없이 마시기도 하고, 어떤 때는 단순히 술이 아닌 두터운 신뢰를 쌓기 위해 마시기도 한다. 여자인 나도 술자리에서 먼저 나오는 것이 이렇게 힘들고 술자리를 가져야 하는 다양한 이유가 있는데 남자들은 오죽 더 심할까.

반면 그 사람은 아내가 혼자서 음식을 준비한다는 게 얼마나 힘든 일인지 잘 알고 있다. 손님을 치러야 할 때는 물론이고 둘만의 식사를 준비할 때도 해야 할 일이 너무 많다. 찌개는 물에 된장 풀고 냉장고에 있는 채소를 썰어 넣고 끓이다가 마지막에 간만 맞추면 되고, 밥은 전기밥솥이 다 해 주며, 반찬은 냉장고에 있는 거 꺼내 뚜껑만 열면 되는데 뭐가 어렵냐고 한다. 하지만 실제로 음식을 만들려고 하면 손 가는 일이 한두 가지가 아니다. 찌개를 끓이기 위해 올려놓은 물은 수시로 살펴봐야 하고, 채소를 씻고 다듬으면서 지저분해진 싱크대도 수시로 정리해야 한다. 게다가 음식을 만들면서 생겨나는 설거지 거리를 그때그때 치우지 않으면 부엌은 난장판이 되기 십상이다. 혼자 식사를 해결해야 할 때가 많아 이런 상황을 잘 알고 있는 그는 내가 요리를 할 때면 항상 보조 역할을 자청한다.

물론 그럼에도 불구하고 나와 그 사람은 지금도 가끔 서로에게 목소리를 높이며 불편한 심기를 드러낸다. 수천 년의 세월이 흘렀음에도 해결되지 않는 인간의 본성이니 하루아침에 바꿀 수 있을 리 만무하다. 하지만 기록으로 남겨 서로의 마음을 이해하고 통하게 하려던 옛 선인들처럼 상대방의 마음을 조금 더 헤아려 본다면 하늘도, 땅도 붉게 물드는 저녁노을 무렵의 풍경처럼 아름다운 하나의 빛깔이 될 수 있지 않을까.

2장

가난하지도
슬프지도 않게

사람은 가도
시신은 남는다

　　　　　　　　라오스는 불교 국가답게 사원뿐 아니라 불
상도 참 많았다. 어른 크기만 한 불상은 물론이고 장식장에 넣
어 둘 만한 작은 불상, 펜던트에 박혀 있는 불상, 티셔츠에 그
려져 있는 불상 등 눈길 닿는 곳마다 부처님들이 인자한 미소
를 짓고 있었다. 처음엔 너무 많은 불상으로 인해 당황스러웠
지만 다른 기독교 국가들을 생각해 보니 그리 이상한 일도 아
니었다. 멀리 갈 것도 없이 우리나라에서도 수많은 여성들이
십자가 모양의 목걸이와 귀고리로 장식하고 있으니 말이다.
　　그날도 상점에 진열되어 있는 수많은 불상을 구경하고 있었
는데 그중 눈길이 멈춘 것이 있었다. 라오스에서 특히 많이 보
았던, 더 이상의 전쟁은 안 된다며 손을 뻗고 있는 불상이었

가끔 난 길을 잃을 때가 있다.

다. 지금까지 수없이 많은 불상을 봐 왔지만 유독 이 불상이 눈에 더 들어왔던 이유는 불상의 가슴에 붙어 있던 가격표 때문이었다. 사지도 않을 거면서 괜스레 가격만 묻는 손님들 때문에 붙여 놓은 것일 테지만 떼어 주고 싶었다. 돈으로 환산할 수 없는 믿음 저편의 신에게 사람들이 만든 가치를 나타내는 숫자를 턱하니 붙여 놓은 모습을 보니 마음이 편치 않았다. 마치 내 이마 정중앙에 가격표가 붙어 있기라도 한 듯 이마가 저절로 찡그려졌다.

어느 날 우리 부부를 잘 알고 있는 한 친구가 물었다.

"인터넷 보니까 형님이 강남 땅 부자라던데?"

우리의 결혼 기사가 실리면서 그 밑에는 무수한 댓글이 달렸다. 그런데 우리는 전혀 알지 못하는 자칭 지인이란 사람들이 있지도 않은 허구를 진실이라 말하며 진짜 나와 가까운 사람들조차 헷갈리게 만들고 있었다.

"그 남자 알고 보니까 강남에 빌딩이 몇 개래요. 그러면 그렇지…. 쇼를 하는 거죠."

"물려받을 재산이 꽤 많을 거예요. 제가 그 남자 집을 잘 알거든요."

"어차피 친구들은 다 알고 있는데 왜 숨기는지 모르겠네요."

인터넷이라는 익명의 바다 위에 떠도는 말들은 순식간에 퍼졌고 나는 물론이고 내가 사랑하는 사람도, 또 그 가족들도 진열장에 올려진 채 값이 매겨지고 있었다.

"아나운서 정도면 배우자도 그 수준에서 맞췄겠지."

"아나운서를 며느리로 맞는 집이면 이 정도 돈은 갖고 있을 거야."

어떤 사람들은 "부자로 봐 주는 거니까 나쁠 건 없잖아"라고 얘기했지만 난 내 자신보다 더 소중한 그에게 욕을 보이는 것 같았고, 땅과 함께 정직하게 살아오신 시부모님을 비아냥거리며 졸부 취급하는 것 같아 무척 불쾌했다. 만일 내가 사람들 입에 오르내리는 아나운서가 아니었더라면 얼굴도 모르는 이들에게 거짓말이나 하고 다니는 못난 사람으로 대접받진 않았을 텐데, 며느리가 그저 평범한 대한민국 여성이었다면 시부모님들도 그런 말도 안 되는 입방아에 오르내리지 않아도 됐을 텐데 하는 죄송스러움으로 가득 찼다. 그러던 어느 날 그는 내 홈페이지에 글을 좀 써도 되겠느냐며 양해를 구했다.

"… 근래 자신의 일이 아니라 다른 이의 일로 본의 아니게 더 주목받게 된 민정 씨는 요즘 이러지도 저러지도 못하고 어정쩡한 날들을 보내고 있습니다. 그저 결혼을 결혼으로 보면 안 되는가 하는 마음이 저희 부부가 요즘 하는 생각입니다. 오늘 인터넷을 보다가 몇몇 기사에서 제 부모님을 비웃는 듯한 댓글들에 아들 된 자로 그냥 있을 수만은 없어서 이렇게 들어와 몇 자 써 봅니다.

　그대로 근거 없는 비난성 댓글이 어제오늘의 일은 아니어서 그저 그러려니 지나가면 될 것을 괜히 쓸데없는 반응을 하는 것이 아닌가 하는 염려가 되기도 합니다. 그러나 저의 부모님이 마치 강남의 땅 부자나 부동산 졸부가 되는 듯한 표현에는 인간이기에 속상함은 어쩔 수가 없더군요. 아니 차라리 저희 부모님께서 그렇게라도 부자이셨으면 지금의 저의 마음은 오히려 조금이라도 편할 것 같기도 합니다.

　저의 고향은 전북 정읍입니다. 부모님께서는 아직도 고향에서 농사를 짓고 계십니다. 이렇게 말하면 논밭이 많은가, 하실지도 모르겠군요. 구체적으로 몇 마지기다 하기는 그렇지만 저희 집은 농촌에서도 소농에 속합니다. 주변에서 그 농사로 자식 넷 대학을 보낸 것이 기적이다, 할 정도죠.

　저는 가끔씩 민정 씨를 저희 고향 집에 처음 데려간 그날의 기억을 떠올리곤 합니다. 저희 집은 아직도 화장실이 속칭 푸세식인데, 저는 사실 그날 30년이나 된 오래된 집과 푸세식 화장실에 대한 서울내기인 민정 씨 첫 반응이 궁금했습니다. 왜냐하면 저와 저희 가족의 추억이 가득한 그 집에서 민정 씨가 얼굴을 찌푸리거나, 이런 집에서 어떻게 살아 하거나, 화장실이 더러워서 못 가겠다고 하면 이후 저희 둘의 관계는 볼 것이 없었으니까요. 하지만 그날 민정 씨의 얼굴은 평온했고, 마당에서 키우는 강아지와도 함께 뒹

굴며, 농사지으시는 부모님의 깨끗하지 못한 옷차림에도 마치 익숙한 자신의 이모, 고모 내외분을 만나는 듯이 자연스러웠습니다. 그런 여자가 사랑스럽지 않은 남자는 아마도 대한민국에는 없을 것입니다. 저는 그날 이 여자와 꼭 결혼해야겠다고 마음을 먹었던 것 같습니다.

그런 저희 집이 부자일 리 없고 아직 모시고 살지 못해 마음조차 죄송한데 그런 댓글들을 보니 속이 많이 상했습니다. 자식들을 위해 평생을 바치시느라 이젠 허리도 무릎도 성하신 데가 없으신 가여운 저희 부모님이신데(여러분도 마찬가지시겠지요) 사랑하고 존경하는 부모님께 조금이라도 누가 되는 표현들에 마음의 불편함을 이렇게라도 풀어 보려 했다는 것, 널리 이해해 주시기 바랍니다."

많은 사람들은 고맙게도 응원의 말로 우리 두 사람을 위로해 주었고, 그 말은 사람들에 대한 원망으로 가득 찼던 우리 마음을 부드럽게 어루만져 주었다. 하지만 그 상처가 채 아물기도 전에 내게 가격표를 붙이려는 사람들은 다시 고개를 들기 시작했고, 또다시 새로운 가격을 책정하고자 게슴츠레한 눈으로 쳐다봤다.

"돈이 남아도니까 중국 유학도 가지."

"가만히 앉아 있어도 강남 땅값이 올라 돈이 굴러 들어올 텐데 무슨 걱정이 있겠어."

"아니 땐 굴뚝에 연기 안 난다니까."

결혼한 지 8년이 지났는데도 우리 부부를 둘러싼 흥정 놀이는 끝날 생각을 않는다. 하지만 그때처럼 분노하지는 않는다. 그들의 계산기를 두드리는 습관은 지금도 유효하고 앞으로도 유효할 것이기 때문이다. 또 어느 정도 시간이 흘렀다고 해서 결혼한 아나운서에 대한 그들의 시선이 쉽게 바뀌지 않을 것임을 안다.

그럼에도 분노하지 않는 것은 그때 내게 응원의 말을 전했던 사람들처럼 상처를 보듬어 주는 사람들이 더 많이 존재한다는 것을 알았기 때문이다. 세상을 숨 막히게 하는 편견이라는 벽도 착하고 평범한 다수에 의해 조금씩 부서지고 있다. 그들을 통해 나도 자신을 돌아보게 된다. 누군가를 믿기 전에 의심부터 하지 않았는지, 나의 작은 말이 상대방의 가슴에 큰 상처를 남기진 않았는지, 나도 누군가의 이마에 가격표를 붙이진 않았는지….

그 사람
더 사랑해서 미안해

저 멀리서 강물로 멋지게 다이빙하는 한 소녀가 보인다. 은은한 갈색의 몸은 햇빛을 받아 더 반짝였고, 물속에서 헤엄치는 모습은 인어 공주처럼 아름다웠다. 라오스 방비엥의 풍경과 잘 어울리던 그 소녀는 물 밖으로 나오자마자 어딘가로 뛰어갔고 난 그녀를 따라 시선을 옮겼다. 소녀가 달려간 곳에는 긴 머리를 하나로 곱게 묶은 채 팔을 벌리고 있는 그녀의 엄마가 있었다. 엄마 품에 쏙 안기는 소녀의 모습에 나도 모르게 코끝이 찡해졌다. 엄마 얘기만 들어도 감정이 복받치는 건 결혼을 하고 나서 가장 많이 달라진 나의 모습이다.

"엄마! 나 이번 주 수요일에 쉬는데 같이 맛있는 거 먹으러

갈까?"

막내딸인데도 난 어려서부터 애교가 없었다. 그래서인지 사람들은 대부분 나를 첫째로 생각했고 오빠 둘보다는 남동생이나 언니가 있을 것 같다고 입을 모아 얘기했다. 아마 특유의 무던함과 무뚝뚝함 때문일 것이다. 이런 내가 엄마에게 데이트 신청을 했다. 처음이었다.

라디오 〈밤을 잊은 그대에게〉를 진행하던 시절, 나는 수많은 사람들의 사연을 접했다. 사랑에 대한 고민, 진로에 대한 걱정, 가족에 대한 애틋함 등 다양한 이야기가 있었다. 그 가운데 힘들어하시는 부모님께 어떻게 하면 작은 기쁨이라도 드릴 수 있을까 하는 사연들이 많았는데 그럴 때면 난 "사랑한다는 작은 문자 한 통이라도 보내는 건 어떨까요, 부모님의 두 어깨를 시원하게 주물러 드리면 어떨까요" 등 여러 아이디어를 내놓곤 했다. 하지만 정작 난 그때까지도 부모님께 사랑의 메시지 한 번 보내지 않은 목석같은 딸이었다. 이런 나였기에 엄마와의 데이트는 조금 쑥스러우면서도 긴장되는 일이었다.

하늘이 높고 청명한 날씨였다. 상쾌한 공기를 한 번 들이쉬고 내쉬는 것만으로도 몸과 마음이 날아갈 것만 같던 날, 난 엄마와 시내에서 만났다. 그날 엄마는 평소 집에서 보던 편안한 티셔츠와 바지 대신 고운 치마 정장을 입고 목에는 분홍 스카프를 두르고 오셨는데 바람이 불 때마다 마치 연분홍 벚꽃이 흩날리는 것처럼 아름다우셨다.

"엄마 뭐 먹고 싶은 거 있어?"

"없어, 민정이 너 먹고 싶은 걸로 먹자."

"그래도 기왕 엄마랑 단둘이 나왔으니까 엄마가 먹고 싶은 걸로 해."

"아니야, 엄마는 다 좋으니까 아무 데나 가자."

"음… 그러면….

엄마가 뭘 좋아하시는지 바로 생각이 나지 않았다. 항상 이건 아빠가 좋아하시는 거라 특별히 했다, 오늘은 오빠 생일이니까 이게 좋겠다고만 하셨지 이건 엄마가 좋아하는 거니까라는 얘기는 단 한 번도 하신 적이 없으셨다. 어쩌면 엄마는 아내, 그리고 우리의 엄마가 되신 이후론 당신이 무엇을 좋아하는지 잊으셨는지도 모를 일이다. 결국 정답을 찾지 못한 난 요즘 젊은 사람들의 데이트 풍경이라도 보시며 옛 시절을 추억하시라고 아담하면서도 조용한 스파게티 집으로 향했다.

"집에서는 이런 음식 못 드시니까 한 번 드셔 보세요. 아빠가 이런 곳으로 외식을 올 일도 없을 테고."

"근데 여기 너무 비싼 거 아니니?"

"여긴 비싼 집 아니거든. 암튼 엄만 그런 거 걱정하지 마시고 메뉴나 보세요. 난 크림 스파게티를 좋아하는데 엄마가 드시기엔 좀 느끼할 수도 있으니까 고추장이 들어간 이걸로 하면 될 것 같은데 어때?"

"그래!"

그날 엄마는 스무 살 첫 데이트에 나온 수줍은 소녀처럼 마냥 웃으셨고 "그래, 그러자, 그렇게 해" 이런 말씀을 제일 많이 하셨다. 그리고 처음으로 인형 가게에 온 어린아이처럼 레스토랑의 풍경, 거리를 거니는 사람들, 여기저기 터져 나온 꽃망울들을 보느라 두 눈을 쉴 새 없이 움직이셨다.

"음식 나왔다! 엄마 이 빵은 여기에 찍어 먹으면 맛있어. 아니면 스파게티 소스에 찍어 먹어도 괜찮고."

"금방 만들었는지 따뜻하네. 너희 어렸을 때는 이런 거 참 많이 만들었는데 지금은 다 잊어버렸다."

"카스텔라였나? 어렴풋이 기억이 나는데?"

그날 내 입은 어릴 적 엄마가 해 주신 카스텔라를 크게 한 입 베어 물었을 때처럼 달콤했고, 레스토랑은 세상에서 내가 제일 좋아하는 엄마 냄새로 가득한 것 같았다.

"민정아, 네가 쓰던 화장품 중에서 안 쓰는 거 있으면 엄마한테 줘라."

"뭐 갖고 싶은 거 있으세요? 나한테 립스틱 새것 있는데 드릴까요?"

"아니, 새것 말고 지겨워서 안 쓰는 거 있으면 달라고. 엄마는 유행 이런 거 모르니까 상관없어."

엄마는 내가 고등학생일 때 종종 "이제 우리 딸 화장품 사면 나도 같이 써야겠다, 우리 딸 대학 가서 예쁜 옷 입고 다닐 때 가끔 엄마도 빌려 줘야 된다"라고 하셨다. 그런데 정작 대학생이 된 나는 매일 남자같이 헐렁한 셔츠에 바지만 입고 다녔고 화장은커녕 선크림이 뭔지도 대학교 4학년이 되어서 알았다.

대학을 졸업하고 백수 시절에는 공부하느라 꾸밀 새가 없었고 KBS에 입사해서는 바로 전주로, 창원으로 지방 근무를 다니느라 엄마와 떨어져 있어야 했다. 그리고 서울에 올라와서는 몇 달 지나자마자 곧 한 남자의 아내가 되었다. 결국 엄마는 딸과 화장품도, 옷도 제대로 같이 써 보지도, 입어 보지도 못하고 딸을 품에서 떠나보내야 했던 것이다.

엄마는 이런 내 맘을 아시는지 모르시는지 스파게티 한 접시를 맛있게 비우셨다.

"어? 고민정 아나운서 아니세요?"

레스토랑 주인께서 마침 날 알아보시고 인사를 건네 왔다.

"네, 맞아요. 잘 먹었습니다."

"다음에 또 오세요!"

"얘가 우리 딸이에요, KBS 고민정 아나운서. 방송 보시죠?"

레스토랑을 나오는 길, 엄마는 당신보다 훌쩍 커 버린 딸을 올려다보시면서 흐뭇해 하셨고 내 손을 꼭 잡고 걸으셨다. '예쁜 고민정 아나운서가 자랑스러운 내 딸이에요' 하는 당신의 마음속 말이 곁에 있는 내게도 들려오는 듯했다.

그날 엄마와 나는 밥도 먹고 차도 마시고 산책도 하면서 이런저런 얘기를 많이 나누었다. 엄마와의 수다는 마르지 않는 샘물이었고 꽃잎 위로 떨어지는 봄비의 경쾌함을 닮아 있었다.

엄마와의 데이트를 끝내고 집으로 돌아오는 길, 내 가슴은 뿌듯함에 한껏 부풀기도 했지만 왜 여태까지 이런 생각을 못 했을까 하는 죄송스러운 마음으로 가득했다. 그래서 난 집에 들어오자마자 옛날 사진들을 뒤적였다. 그리고 어디에선가 찍은 엄마 사진에 눈길이 멈춰 한참을 들여다봤다. 나는 컴퓨터 앞에 앉아 그날 엄마에게 차마 하지 못한 말을 적어 내려갔다.

세월이 흐를수록 엄,마,라는 두 글자가 더 애틋하게 다가온다.

일찍 시집가서 미안하고

맛있는 거 많이 못 사 드려 미안하고

같이 많이 여행 못해서 미안하고

예쁜 옷 사러 같이 못 다녀 미안하고

엄마보다⋯ 그 사람 더 사랑해서 미안해⋯.

써 내려간 글에 나도 모르게 감정이 복받쳐 올라, 컴퓨터 자판 위로 눈물 한 방울이 뚝 떨어졌다. 그렁그렁해진 눈물 때문

사랑, 그것은 때로 꽃보다 아름답게 우리 가슴에 피어난다.

에 사진 속 엄마는 뿌옇게 보였지만 이런 못난 딸이 뭐가 좋으신지 레스토랑에서처럼, 커피숍에서처럼 사진 속 엄마는 환하게 웃고 계셨다.

그날 밤, 난 먼저 잠든 그 사람의 품속으로 들어가 그를 더 꼭 껴안았다. 날 못난 딸로 만든 그가 원망스러워서, 가시 같은 그 원망조차 끌어안고 있는 나 자신이 원망스러워서…. 아침에 눈을 떴을 때 그의 한쪽 어깨는 내 눈물로 촉촉이 젖어 있었고, 아무것도 모르는 그 사람은 언제나처럼 부드럽게 미소 짓고 있었다.

언제나 한자리에 있는
조은산처럼

"조금만 더, 조금만 더!!"

산모가 출산할 때 느끼는 고통만큼이나 아기도 세상 밖으로 나오면서 엄청난 고통을 느낀다는 얘기를 들었던 터라 한 번에 낳고 싶었다. 다행히 아기와 난 호흡을 제법 잘 맞췄고 몇 번의 기합으로 아기를 만날 수 있었다. 가느다란 팔다리, 쪼글쪼글 한 살갗, 양수와 피가 아직 다 닦이지 않아 어지럽게 엉겨 붙은 머리카락, 꼭 감아 부어오른 눈두덩과 우느라 쫙 벌려진 입.

"손가락, 발가락 5개씩 다 있어요. 모두 정상입니다."

간호사의 말과 함께 아기는 내 가슴 위에 올려졌고 따뜻한 양수 속에서 자유로이 헤엄쳤을 아기는 처음 접한 세상의 공기에 두려움을 느꼈는지 온몸에 힘이 잔뜩 들어가 있었다. 하지만 내 가슴에 얼굴을 묻은 아기는 열 달 동안 들어 왔던 내 숨소리와 목소리를 듣고는 조금씩 안정을 되찾았다. 내 가슴에 와 닿던 작은 입술의 온기, 내 살에 느껴지던 부드럽고 촉촉한 살갗, 세상을 깨우는 듯한 울음소리가 지금도 내 몸의 기억들을 불러내는 듯하다. 3.2킬로그램의 작은 몸이 으스러질까 난 살며시 껴안았고 뭐라 말로 설명할 수 없는 눈물이 쉼 없이 흘러내렸다. 그렇게 은산이와 난 정신없이 만났고 오감으로 서로를 느끼며 인사를 나눴다.

살과 살이 나누는 대화는 분명 은밀하다. 남녀 사이에도 그렇겠지만 엄마와 아기 사이에도 그렇다. 자신의 체온으로 상대의 몸을 따스하게 녹이고, 심장이 내는 언어로 정적 속에서도 대화를 나눌 수 있으니 어찌 은밀하지 않을 수 있단 말인가. 지금도 나는 은산이와 함께 목욕하는 걸 즐기고 틈만 나면 살과 살이 닿을 수 있도록 꼭 껴안는다. 돌이 된 아기에게 젖 물리기를 끊지 못하는 이유 중 하나도 아기와 나눌 수 있는 은밀한 대화를 끊고 싶지 않기 때문이기도 하다.

하지만 항상 살을 맞대고 있을 순 없고, 해서 준비한 게 배냇저고리였다. 은산이가 뱃속에 있다는 걸 안 그때, 난 무얼 준비할까 고민했다. 아니, 고민이라기보다는 행복한 준비라는 말이 맞겠다. 아기 잠자리는 어디에 어떻게 만들까, 목욕할 때는 어떤 것들이 필요할까, 아기를 안전하게 태울 유모차는 어떤 걸로 준비해야 하나 마치 결혼을 앞둔 새색시처럼 인터넷을 뒤지고 선배 엄마들에게 조언을 구했다. 여러 가지 의미 있는 물건들이 많겠지만 무엇보다 엄마인 나의 손길이 고스란히 묻어 있는 무언가를 선물하고 싶었다. 그래서 난 모든 게 낯설 은산이에게 내가 없을 때에도 온몸을 포근하게 감싸 줄 배냇저고리를 직접 만들어 주기로 결심했다. 우선 하얀 천 위에 아기를 향한 내 마음을 그렸다. 엄마 뱃속에 자리 잡기 한참 전부터 지어 놓은 이름 은산, 그중에서도 '山'자를 새겨 넣었다.

이름을 '은산'으로 지은 데에는 여러 이유가 있다. 먼저 동물과 나무, 햇볕과 바람 등 모두에게 쉬어 갈 자리를 마련해 주면서 언제나 늘 한자리에 있는 산처럼 컸으면 하는 마음으로 지은 이름이다. 게다가 성이 '조'씨여서 '좋은' 의미도 추가하여 '조은산'. 이렇게 말로 설명을 하니 참 간단한 이름 같지만 백지 위에 이름 석 자를 새겨 넣는 일은 무척이나 어려웠고 꽤나 오랜 시간이 걸렸다. 한글 이름으로 지을까, 그래도 한자로도 표기할 수 있어야 하지 않나, 흔하지 않은 이름이어야 할 텐데, 사람들한테 좋은 느낌의 이름이었으면 좋겠다 등 충족시켜야 할 조건들이 꽤나 많았다.

나와 그 사람은 틈만 나면 아기 이름을 상의했고 오랜 얘기 끝에 조은산이라는 이름 석 자를 만들 수 있었다. 그 이름이 하늘도 만족스러웠는지 은산이가 태어나던 날 눈이 펑펑 내려 온

더 깊은,
　　엄마의 마음이 너에게 닿기를 고민했던 날도 있었다.

언제나 너의 곁에서
　묵묵히
　　　흐르고 있다고….

산과 들판이 하얗게 변했다. 한자로는 은 은^銀자에 뫼 산^山자를 써 넣으면서 겨울에 태어나는 아이니까 눈이 쌓여 반짝이는 은빛 산이 좋겠다고 했었는데 마침 그날 눈이 내린 것이다.

이런 많은 고민과 의미들을 저 '山'자에 가득 담아 배냇저고리 앞에 새겨 넣었다. 한 땀 한 땀이 조심스러웠고 한 땀 한 땀을 놓을 때마다 행복했다. 하얀 천이 점점 옷의 형태를 갖춰 가는 걸 보며 내 아이는 어떻게 생겼을까, 이 작은 옷이 맞기는 할까, 손가락은 얼마나 작을까 등 즐거운 상상의 세계를 펼치곤 했다.

어디선가 이런 말을 들은 적이 있다. 아기가 엄마에게 주는 사랑보다 엄마가 아기에게 주는 사랑이 더 크다고 생각하지만 사실은 반대라고 말이다. 아기들은 엄마에게 무조건적인 사랑을 보낸다. 상대의 외모, 재력, 능력은 물론이고 성격까지도 비교하는 요즘의 사랑과는 다르다. 혼날 때조차 아기들은 엄마를 꼭 껴안고 우는 것을 보면 정말이지 맞는 말인 것 같다. 또 엄마가 아기를 키우는 게 아니라 아기가 엄마를 키운다는 생각도 든다. 아기를 낳고 나서야 내 부모님에 대한 고마움을 온 마음으로 깨닫게 되었기 때문이다. 맛있는 건 다 자식들 주시며 먹는 것만 봐도 배부르다는 부모님의 말씀, 아침에 집을 나올 때면 아침밥 먹어라, 따뜻하게 입어라 하는 잔소리가 무엇을 담고 있는지 엄마가 되고 나서야 알게 됐다. 또 초라하기만 한 내 자신을 이토록 앞뒤 가리지 않고 사랑해 주는 이가 있었던가 하는 생각이 들며 나를 더욱 사랑하게 됐다. 이렇게 아기로부터 많은 걸 받고 있으니 하나라도 더 해 주고 싶은 마음은 어찌 보면 당연한 것 같기도 하다.

"은산아, 앞으로 살아가면서 많은 시련과 좌절을 겪게 될 거야. 그것이 때론 창이 되어 네 가슴을 찌를 수도 있고 칼이 되어 여기저기 벨 수도 있어. 그럴 때마다 엄마가 두꺼운 방패와 갑옷이 되어 줄 순 없겠지만 너의 상처를 어루만져 줄게. 이 배냇저고리가 엄마를 대신해 너의 체온을 유지해 주고 부드러운 감촉으로 널 편안하게 감싸 줬듯 말이야. 엄마는 언제나 은산이 곁에서 묵묵히 흐르고 있을 거야. 산속 동물과 나무들에게 물을 주고 메마른 곳은 촉촉하게, 부서진 곳은 단단하게 해 주는 저 강물처럼 말이야. 엄마는 그럴 거야."

나는 혼자 남겨지는 게
가장 두려운 소녀였다

25년 전의 어느 날, 나는 쏟아지는 빗속에서 하염없이 눈물을 흘렸다. 무척이나 서럽게….

여느 때와 다름없이 난 가방을 메고 룰루랄라 학교로 향했다. 날 항상 "민중아~" 하고 부르시는 관리 아저씨께 밝게 인사도 했다. 억지로 내 얼굴에 뽀뽀할 때는 징그럽기도 했지만 하회탈처럼 얼굴에 굵은 주름이 잔뜩 잡힌 아저씨가 싫지는 않았다. 아파트 정문을 나서면 돼지고기 천 원어치도 기분 좋게 싸 주시는 정육점 아저씨가 손을 흔드셨다. 고기는 오빠가 시키는 단골 심부름 메뉴였다. 기껏해야 삼겹살 열 점 정도밖에 되지 않는 적은 양을 고등학생이었던 본인이 사기엔 멋쩍으니 여덟 살 어린 나에게 시켰던 것이다. 이 모든 사정을 아

그때도 지금도 어쩌면

난

사랑을 좇고 있는지도 모른다.

시는지 아저씨는 한 번도 뭐라고 하지 않으셨고 그저 맛있게 먹으라며 넉넉한 웃음을 보이셨다. 사거리에서는 뽀글뽀글 파마를 한 포장마차 아주머니가 눈인사를 하셨다. 순대 백 원어치 달라고 하면 내 손만 한 길이의 순대를 잘라 칼집을 낸 후 소금을 솔솔 뿌려 들고 먹을 수 있게 종이에 돌돌 말아 주셨다. 그때 먹었던 순대의 맛은 지금도 너무나 생생해 잊히지 않는다. 그리고 친구가 살던 아파트 앞에서 친구를 만나 손을 꼭 잡고 수다를 떨며 학교로 향했다.

그렇게 화창하기만 한 아침이었는데 수업이 끝나고 집에 돌아갈 시간이 되자 갑자기 천둥 번개가 치면서 온 세상이 컴컴해졌다. 아직 환해야 할 시간인데 밖은 온통 검은 구름에 뒤덮였다. 그리고 "땅" 소리에 맞춰 100미터 달리기를 하는 선수들처럼 어느 순간 갑자기 비의 경주가 시작됐다.

"아, 어떡해! 나 우산 없는데….”

"난 갖고 왔지롱.”

"야! 빨리 뛰어가자!"

여기저기서 갖가지 반응들이 쏟아져 나왔다.

"민정아 넌 어떻게 할 거야? 난 우리 엄마가 밑에 와 계신데, 넌?"

"어? 나…. 나도 엄마 올 거야. 너 먼저 가!"

"그래? 그럼 나 간다. 내일 봐!"

교실 안은 아이들의 열기에 갑자기 내리는 비가 섞인 더운 공기로 가득했다. 난 그 더운 열기에 떠밀리듯 1층 현관으로 내려갔다. 그곳은 서로를 찾는 엄마와 아이들로 인해 북새통이었다.

'엄마도 여기 와 있나?'

"민정아!"

'엄만가?'

소리가 들리는 쪽으로 재빨리 고개를 돌려 보았다. 하지만 그곳엔 우리 엄마가 아닌 민영이의 엄마가 서 계셨다. 저쪽에서 우리 집 우산과 똑같은 게 보여 뛰어가 보면 또 다른 친구의 엄마가 왜 아직 엄마를 못 만났느냐는 표정으로 날 쳐다보셨다.

그리고 얼마나 흘렀을까. 마치 마술에라도 걸린 듯 눈 깜짝할 사이에 사람들은 모두 빠져나갔고 현관에는 검은 흙탕물의 신발 자국만이 난무했다. 후끈하던 열기는 이미 비바람으로 인해 차가워져 눈앞에 하얀 입김을 만들고 있었다. 난 텅 빈 운동장을 터벅터벅 걸어갔다. 뛰지도 않고, 나무 밑에서 비를 피하려 하지도 않았다. 그저 뻥 뚫린 하늘 밑을 터벅터벅 걸었다. 그리고 학교에서부터 집까지 가며 계속 서럽게 울었다. 엄마가 직장에 나가셔서 집에는 아무도 없다는 걸 알면서도 일부러 그랬다.

'혹시 엄마가 우산을 들고 왔는데 내가 엄마를 못 찾은 건 아닐까?'

'혹시 수업 끝나는 시간을 잘못 아셔서 지금 허겁지겁 오고 계시는 길은 아닐까?'

마음속에서는 혹시, 혹시 하는 단어들이 계속 튀어나왔다. 하지만 집에 가까이 갈수록 속상한 마음은 점점 더 심해졌다.

'비를 쫄딱 맞고 가서 엄마 속상하게 만들 거야! 물에 푹 젖은 내 모습을 보면 다음부턴 엄마가 날 데리러 올지도 몰라.'

'아니야, 어쩌면 집에서 따뜻한 코코아를 끓여 놓고 날 기다리고 계실지도 모르는데. 치! 그래도 최대한 비 많이 맞고 많이 운 모습을 보여 줄 거야. 그래야 다음부터 데리러 오지.'

하늘을 향해 고개를 들었다. 빗줄기가 어찌나 거세던지 눈을 제대로 뜰 수가 없어 실눈을 뜨고 하늘을 봐야 했다. 온통 회색이었다. 하늘도 회색, 빗물도 회색, 포장마차도 정육점도 모두 회색빛이었다. 결국 난 그날 혼자 뜨거운 물에 샤워를 하고 퉁퉁 부은 눈이라도 보여 주어야겠다 싶어 그대로 누워 잠들어 버렸다.

어릴 적 엄마는 아빠 일을 도우러 항상 아빠 가게에 나가셨다. 그리고 두 오빠들은 나보다 다섯 살, 여덟 살이 많았기 때문에 저녁 무렵에나 들어오거나 내가 잘 때쯤 보충수업을 마치고 들어왔다. 그러다 보니 난 항상 혼자였다. 100점짜리 시험지를 들고 갈 때도, 학교에서 상을 받았을 때도 1분이라도 빨리 자랑하고 싶었던 어린 나는 부모님이 들어오시는 저녁이 될 때까지 기다리고 또 기다려야 했다. 친구랑 싸워 속상할 때도, 선생님한테 회초리를 맞아 눈물이 날 때도 날 안아 주는 건 내 침대 위 포근한 이불뿐이었다.

그러다 보니 혼자서도 뭐든 척척 잘했다. 혼자 책도 잘 읽었고, 친구 집에도 혼자 잘 놀러 갔고, 배고플 때는 김치볶음밥도 곧잘 만들어 먹었다. 이렇게 혼자 생활이 익숙했던 나지만 한 가지 익숙하지 못한 게 있었는데 그건 바로 잠자는 일이었다.

엄마가 집에 계시는 날이면 난 엄마와 떨어지지 않기 위해서 엄마가 움직이는 대로 졸졸 따라다녔다. 화장실에서 손빨래를 하시면 문 앞에 쪼그리고 앉아 종알거렸고, 부엌에서 음식을 만드시면 식탁에 앉아 잔심부름을 했다. 그래서 엄마는 친구들과의 약속이나 각종 경조사에 가실 일이 있으시면 졸졸 쫓아다니던 나를 떼어 놓기 위해 꼭 나를 재우셨다. 유난히 엄마의 보드라운 팔뚝을 좋아했던 나는 작은 손으로는 엄마 팔을 만지작거리고 코로는 엄마 냄새를 맡으면서 잠이 들었다.

얼마 후, 달콤한 잠에서 깨어난 나는 잠시 어리둥절했다. 내 손에 닿아야 할 엄마 팔이 잡히지 않았다. 엄마의 모습은 보이지 않았고 어두컴컴한 창문만 보였다. 난 잠에서 덜 깬 목소리

우리는

누군가와 함께하기에
희망을 말할 수 있는 것이 아닐까.

로 엄마를 조그맣게 불러 보았다. 하지만 아무런 대답도 들려오지 않았다. 방과 부엌, 화장실, 베란다까지 구석구석 살펴봤지만 잠이 덜 깬 나를 안아 주는 사람은 아무도 없었다. 무서웠다. 유난히도 넓어 보이는 집 안 구석구석이, 창문으로 비치는 나뭇가지의 그림자가 무서웠다. 나 홀로 남겨진 외로움도, 아무도 날 찾지 않을 것 같은 두려움도 무서웠다. 그럴 때면 난 온 집의 불을 다 켜고 텔레비전 볼륨을 크게 높이곤 집 구석구석을 최대한 잘 볼 수 있는 소파 위에 쭈그리고 앉아 또다시 잠들기 위해 노력했다. 어린 내게 무서움에서 벗어나는 방법은 잠드는 것밖에는 없었으니까.

혼자 남는 것에 대한 두려움은 어른이 된 지금도 마찬가지다. 가끔 그의 친구 부모님이 돌아가셔서 한밤중 장례식장에 갈 일이 있으면 꼭 따라갔다. 내가 알지 못하는 사람이라 하더라도, 아무리 피곤해도 혼자 집에 있는 것보다는 그게 나았다. 간혹 지방에서 상을 치르기라도 하면 다음 날 출근해야 하기 때문에 따라가지는 못하고 대신 그가 돌아올 때까지 불을 다 켜 놓고 졸면서 기다렸다. 내가 기다리고 있다는 걸 알기에 그는 새벽 3시가 됐든 4시가 됐든 꼭 집에 들어왔다.

결혼하고 지금껏 내가 회식이나 엠티로 그 혼자 잠들게 한 적은 있어도 그 사람으로 인해 내가 혼자 집에 있어 본 적은

단 한 번도 없었다. 얼마나 고마운지 모른다. 회식이나 야근
이 잦은 회사원이 아니라 집에서 작업할 수 있는 시인이라는
것이….

　요즘도 난 아침에 잠에서 깨면 눈을 뜨기도 전에 그 사람을
부른다. 그의 목소리가 들리면 30분 정도 더 잠을 청하고 간
혹 아침 운동이나 산책을 나가 그의 목소리가 들리지 않으면
아침잠이 많은데도 벌떡 잠에서 깨곤 한다. 하지만 얼마 지나
지 않아 내가 좋아하는 딸기 한 봉지를 들고 들어오는 그를 보
면 난 다시 마음의 평안을 찾는다. 잠이 다 달아났음에도 불구
하고 한참 동안 그의 향기를 맡기 위해, 어릴 적 엄마 품에 안
겼던 것처럼 그의 품에 꼭 안긴다.

　그렇게 서른을 넘긴 내 안의 나는 홀로 남겨지는 것이 가장
두려운 어린 소녀의 모습 그대로다.

딸에서
엄마로

"으앙~"

아기의 울음소리가 병원 복도를 가득 메웠다. 너무 울어 눈두덩은 퉁퉁 부어올랐고 그 사이로 보이는 가느다란 눈은 한시도 내게서 떨어지지 않았다. 사지가 붙들린 몸은 이미 녹초가 되었음이 분명한데도 마지막 순간까지 있는 힘을 다해 발버둥 쳤다. 그런 아기 곁에서 내 마음은 이미 눈물로 가득 찼다. 눈물샘을 여는 순간 아기의 얼굴을 뚜렷이 볼 수 없을 것 같아 참고 또 참았다. 아기가 의지할 곳이라곤 엄마인 나의 두 눈밖에 없는데 그것마저 차단시킬 수는 없었다.

'엄마, 너무 겁나고 무서워. 나 안 아프게 해 줘…. 저 사람들이 내 팔다리 붙들지 못하게 해 줘… 나 좀 구해 줘…. 엄마.'

엄마라는 말조차 하지 못하는 태어난 지 7개월밖에 안 된 아기는 이렇게 눈빛으로, 울음으로 내게 애원했다. 굵은 링거 바늘은 그 작은 팔과 다리에 열 군데쯤 상처를 냈고 수액에 항생제, 해열제까지 약봉지가 링거대에 주렁주렁 매달렸다. 아기는 내 품에 안기자마자 울음을 뚝 그쳤고 깊은 잠에 빠졌을 때처럼 온몸을 내게 맡겼다. 손가락 하나 까딱할 기운조차 없었을 녀석은 그저 허공을 향해 눈만 깜빡거렸다.

'미안하다, 아가야. 내가 조금만 더 주의했더라면 네가 이런 고생은 하지 않아도 됐을텐데….'

아기에게 품을 내준 이후에야 내 눈에선 따스한 눈물이 하염없이 흘러내렸다. 온 세상은 물에 젖은 그림처럼 번져 보였다. 내 모습을 지켜보던 친정엄마는 먼발치에서 그저 바라만 보고 계실 뿐 다가오지 않으셨다. 아마 그분의 눈에서도 눈물 방울이 비치지 않았을까, 울고 있는 딸을 보며 함께 가슴 아파하지 않으셨을까 짐작해 본다. 이렇게 난 딸에서 엄마가 되어가고 있었다.

아기들에게 가장 흔하면서도 무서운 것이 열이라더니 새벽부터 뜨거워지던 몸은 급성신우신염이란 병명을 얻기에 이르렀다. 돌 전 남아들에게서 종종 나타나는 요로 감염의 일종으로 신장에 세균 감염이 발생하는 질병이라고 한다. 오늘도 씩

씩하게 돌아다니는 아이를 보고 있자니 별로 큰 병도 아닌데 너무 호들갑을 떨었나 하는 마음에 조금 민망하기도 하다. 하지만 작든 크든 아기로 인해 병원에 다녀와 본 엄마들은 내 마음을 이해하지 않을까.

　모든 병이 그렇듯 그 원인을 콕 집어 말하긴 어렵지만 나와 그 사람은 여러 가지 가능성들을 열거해 보았다. 우리는 그중 가장 유력한 범인으로 기저귀 속을 이리저리 굴러다니던 똥 덩어리에 주목했다. 아기가 만 6개월로 접어들면서 초기 단계의 이유식을 먹기 시작했다. 쌀을 불려 믹서에 갈고 수돗물이 미덥지 않아 생수로 미음을 끓였다. 눌어붙지 않게 하려고 약한 불로 한참을 뭉근하게 끓였고 모유만 먹던 아기의 위장이 적응하지 못할까 봐 고운 체에 걸렀다. 내 평생에 하나의 음식을 이토록 정성들여 만들었던 적이 있었던가 싶었다. 그렇게 나는 완전한 모유수유에 직접 이유식까지 만드는 스스로를 칭찬하며 하루하루를 보냈다. 그런데 어느 순간부터 기저귀에서 지름 1센티미터 정도의 똥 덩어리들 서너 개씩이 발견되었고 그것들은 구슬처럼 기저귀 속을 굴러다니며 이곳저곳에 붙어 있기 일쑤였다. 아마도 그때 몇몇의 덩어리들이 남자의 상징인 그곳에 붙어 있으면서 균이 들어가지 않았을까 하는 게 우리의 추측이었다. 이유야 어찌 됐든 난 그 이후로 아기의 기저귀를 더욱 신경 써서 보며 그날그날 아기의 건강을 체크했다.

대소변의 횟수는 기본이고 소변의 색깔은 괜찮은지, 냄새가 나지는 않는지, 대변의 무르기 정도는 어떤지, 평소와 다른 색과 모양을 나타내지는 않는지 꼼꼼하게 점검했다.

아기를 키워 본 엄마들에게는 대수롭지 않은 일일 테지만 아기를 키우지 않은 이들에게는 상상하기 힘든 일인, 손으로 직접 아기의 변을 빼낸 적도 있었다. 어느 날인가 아기가 배고플 때도 아니고 졸린 것도 아닌데 심하게 칭얼댔다. 안아 주기도 하고 혼내 보기도 했지만 칭얼거림은 더욱 커져 울음에 이르렀다. 기저귀가 불편해서 그런가 싶어 기저귀를 열어 보니 그 작은 항문에 지름 4~5센티미터쯤 되는 단단한 덩어리가 걸려 있는 것이었다. 난 바로 비닐장갑을 끼고 혹시나 항문이 찢어질까 봐 항문 주위를 조심스럽게, 하지만 빠른 속도로 눌러 가며 그 덩어리를 빼냈다. 아기의 울음소리가 커질수록 내 손에서도 진땀이 났지만 그 순간엔 빨리 이 상황을 마무리해 주고 싶은 마음뿐 정말이지 아무 생각도 나지 않았다. 그 딱딱한 덩어리가 완전히 빠져나오자 아기와 나는 결승 레이스를 1등으로 끊고 바닥에 드러누운 선수들마냥 큰 숨을 몰아쉬며 헤벌쭉 웃었다.

그 후 난 아기가 하루만 응가를 안해도 좌불안석하며 부엌을 분주히 오갔다. 사과와 배를 강판에 갈아서 주기도 하고 이유식을 할 때 미역을 듬뿍 넣어 끓여 먹이기도 했다. 서양식

자두로 불리는 푸룬이란 과일로 즙을 낸 주스를 먹이거나 말린 푸룬을 변비에 좋은 고구마에 잘게 다져 섞어 주면 딱딱한 변이 조금은 부드러워졌다. 그래도 변을 보지 않을 때는 면봉에 오일을 묻혀 항문 주위를 부드럽게 자극하기도 했다. 비위에 거슬리는 얘기만 들어도 울렁거림을 호소하는 나이건만 내 아이의 변은 전혀 더러운 줄 몰랐다.

옛날 한 TV광고에 아기가 황금 변을 봤다고 좋아하는 할머니의 모습을 보며 뭐가 저렇게 좋을까 공감하지 못했다. 저것도 어쨌든 변이니 냄새도 날 텐데 뭐가 좋아 저렇게 싱글벙글하며 광고까지 나올까 의아했다. 그런데 지금의 내 모습을 보면 기저귀를 한 번 벗길 때마다 안도하고 뿌듯해 하고 화내는 등 하루에도 몇 번씩 그야말로 희로애락을 느낀다. 다진 당근을 넣은 이유식을 주면 변에 주황색 알갱이가 박혀 있고, 노란 호박고구마를 먹은 날엔 노란색 변을 보고, 쌀과자를 많이 먹으면 변이 단단해졌다. 참 정직한 장이다. 적어도 지금 이 세상보다는 훨씬 정직한 것 같다.

아이가 태어난 이후 난 아이를 어떻게 키워야 하나 자주 생각한다. 다치지 않고 건강하게 키우는 건 물론일 테지만 그보다는 정신적으로 풍요로운 아이로 키우려면 어떻게 해야 하나 수시로 되묻는다. 무엇이든 다 잘하면 더할 나위 없이 좋겠지만 완벽한 사람은 없을 테니 자신의 단점이 있더라도 그것을 무기 삼아 지혜롭게 컸으면 좋겠다. 산꼭대기에 가장 먼저 올라 홀로 세상을 호령하는 것보다는 산 중턱에서라도 여러 사람과 함께 웃을 수 있었으면, 세상이 정한 울타리 안에서 안분 자족하기보다는 작지만 자신 안의 한계와 싸우며 그 울타리를 열 수 있었으면, 아직 오지 않은 미래를 거창하게 말하기보다는 곧 과거가 될 오늘을 스스로에게 부끄럽지 않게 살았으면 좋겠다.

하지만 이런 생각을 하다 보면 과연 지금의 세상은 내 아이가 이렇게 살 수 있는 세상인가 하고 반문하게 된다. 무슨 일이든 최선을 다하면 누구나 원하는 것을 얻을 수 있을 거라 믿었다. 그러나 인생이라는 이름의 게임은 이미 부정출발로 얼룩져 있는 경우가 많았다. 소크라테스는 성찰하지 않는 삶은 살 가치가 없다고 했지만, 세상은 성찰하는 사람들을 두고 변하는 시대에 발맞추지 못하는 뒤처진 사람으로 간주한다. 달콤한 과실은 정해진 이들에게만 돌아가고, 도덕이나 정의와 같은 단어들은 벽난로 위에 걸린 박제된 동물처럼 한때의 위용을 자랑할 뿐이다. 서로의 다름을 인정하고 끊임없이 논쟁하라고 하지만 한쪽은 다름을 인정해 달라 소리치는 한편 한쪽은 그 존재 자체를 인정하려 하지 않으니 이는 마치 마음을 준 사람만 상처 받는 짝사랑 같다.

나의 또 다른 이름으로….

세상이 아기들의 똥만큼만 정직하다면 어떨까. 설령 소화가 안 된 당근처럼 그대로 나온다 해도, 몇 날 며칠 변비나 설사에 걸려도 걱정할 건 없다. 소화가 잘되는 다른 방법으로 조리된 음식을 먹거나 위장이 그 음식물을 소화시킬 수 있도록 훈련하면 된다. 위장에 탈이 났는데도 아무런 노력도 하지 않고 그저 지켜보기만 한다면 더 큰 병을 불러올 수도 있지만 책을 뒤지든 선배 엄마들에게 조언을 구하든 상태가 호전될 수 있도록 여러 방법들을 쓰다 보면 씻은 듯이 낫게 된다. 누구든 실패가 두렵지 않은 이유다.

오늘도 은산이는 얼굴이 빨개지도록 힘을 주며 세상으로부터 섭취한 음식물을 정직하게 내놓는다. 그리고 난 적당한 묽기와 색깔로 나온 아기 똥을 보며 한시름 놓는다. 이런 생각들을 그저 머릿속에만 담아 두지 말고 두 소매를 걷어붙일 수 있길, 적어도 은산이가 커 아기를 낳았을 때 나와 똑같은 고민을 하지는 않길 바라면서 말이다. 모든 엄마들이 그런 고민을 한다면 이제 막 태어난 아기들만큼은 조금 더 정직한 세상에서 정직하게 살 수 있지 않을까.

서로의
별이 된다는 건

　　"별이 참 많다. 꼭 풀벌레 소리에 맞춰서 별들이 반짝이는 것 같아. 정말 예쁘다!"

　"이 정도 가지고 뭘! 우리 고향에 가면 이런 하늘은 거의 매일 보는데….."

　"쳇, 그래! 난 서울내기라 이 정도만 봐도 신기하다! 되게 자랑하네…. 그런데 오빠, 당신 책은 언제쯤 완성되는 거야?"

　"음, 곧!"

　"난 당신이 모두의 별이 됐으면 좋겠어."

　나와 그 사람은 서로가 별이 되길 바란다. 나는 그 사람이, 그 사람은 내가…. 그러면서 스스로는 상대를 더 밝게 빛낼 수 있는 까만 밤하늘이 되길 자청한다.

그는 내게 10년 전이나 지금이나 항상 별이다.

난 그저 그 사람의 얼굴을 바라보고 있는 것만으로도 기분이 좋아진다. 가끔 내가 하나씩 뽑아 주는 길고 굵은 눈썹, 깨끗한 샘물이 고여 있을 것 같은 깊은 눈, 하품을 할 때면 저 깊은 곳까지도 보이는 큼직한 코, 뽀뽀를 할 때면 폭신함이 느껴지는 도톰한 입술까지…. 10년이 넘는 세월 동안 보고 또 봤지만 여전히 매력적이다.

그래서 대부분의 시간을 한 공간에 있어야 했던 칭다오에서의 1년 동안 난 그를 무척이나 귀찮게 했다. 나란히 책상에 앉아 각자 글을 쓸 때도 난 30분을 넘기지 못해 그 사람 옆에 찰싹 달라붙었고, 그가 침대에 누워 있을 때면 난 혼자 눕기에도 비좁은 1인용 침대로 비집고 올라가 그의 단잠을 방해하기도 했다. 휴일 오후 달콤한 낮잠을 자는 아빠 얼굴을 이리저리 만지는 다섯 살배기 꼬마처럼 말이다. 이러다 보니 그는 그대로, 나는 나대로 각자 해야 할 일을 제대로 할 수가 없었다. 당시 그 사람은 소설을, 난 에세이를 준비하고 있었기에 글을 써야 할 시간과 장소가 필요했다. 그래서 내린 특단의 조치는 무조건 한 사람이 방 밖으로 나가 글을 쓰는 것이었다.

그래서 기숙사에 있는 걸 답답해 하던 내가 주로 밖에 나가 글을 쓰곤 했다. 유학생들이 사용하는 자습실, 대학의 빈 강의실, 시내에 있는 여러 카페, 심지어는 학과 사무실까지 전전하

면서 말이다. 노트북과 두꺼운 책을 어깨에 짊어지고 돌아다
니는 것도, 추운 겨울 난방이 되지 않는 강의실에서 1시간을
버티는 것도 힘들었다. 무엇보다 그 사람과 떨어져 있고 싶지
않았다. 그러나 내 일을 하기 위해서라도, 그를 방해하지 않기
위해서라도 어쩔 수 없는 일이었다. 그만큼 내게 그 사람은 눈
을 뗄 수 없게 만드는 별과 같았다.

한편으론 가족처럼 허물없이 지내는 지인들이 많아 부러운
존재이기도 했다. 지금껏 그에게는 지인들에게 비싼 선물을
해 줄 수 있는 넉넉한 경제력도, 어떤 문제를 해결해 줄 수 있
는 대단한 권력도 없었다. 그저 생일 때 자신이 소중하게 여기
던 책을 새 책이 아니라 미안하다며 선물로 줬고, 누군가 힘든
일이 있을 땐 자신의 일처럼 해결책을 찾기 위해 최선을 다한
것뿐이었다. 이런 진심이 그 어떤 비싼 선물보다도 큰 가치로
나타난다는 걸 난 옆에서 쭉 지켜봤다. 실제로 그 사람 주위에
는 껍데기만 친구인 사람은 단 한 명도 없었다. 서로 형제처럼
지내는 지인만도 열 손가락이 모자랄 정도였다. 이런 그의 모
습을 보며 내게도 그런 허물없는 친구가 몇이나 될까 반문해
보곤 했다.

종이 위에 남긴 글도 그를 별처럼 빛나게 한다. 단지 그 사
람을 사랑하는 아내여서가 아니라 한 사람의 독자로서 그의

글이 좋다. 화려한 글보다는 담백한 글이 좋고, 어두운 느낌보다는 밝은 느낌의 글을 좋아한다. 그래서 책도 한 번에 후루룩 읽히는 것보다는 한 자 한 자 곱씹을 수 있는 책이 좋고, 비극적인 내용보다는 해피엔딩을 더 좋아한다.

그 사람을 사랑하기 때문에 이런 책을 좋아하는 건지, 원래 내 취향이 그렇기 때문에 그 사람의 글을 좋아하는 건지는 모르겠지만 그의 글은 적어도 내겐 10년 전이나 지금이나 여전히 꽃향기로 가득하다. 자신이 쓴 글을 잘 보여 주지 않지만 조르면 정말 가끔 보여 주곤 한다. 그럴 때면 난 꽃잎을 먹을 때처럼 달콤하면서도 은은함을 느꼈고, 작은 촛불처럼 수수하면서도 따뜻함을 느꼈다. 그래서 그가 나만의 별이 아닌 모두의 별이 되길 바라면서 '별책불혹'이라는 별명을 지어줬다. 불혹의 나이에도 별과 같은 책을 쓰길 바라는 마음에서 말이다.

반면 그는 내가 자신의 별이라 말한다. 그리고 모두의 별이 되길 바란다. 사실 지금까지 그와 다툰 이유는 대부분 난 스스로 별이 되기를 거부하고, 그는 내가 별이기를 바라는 마음이 부딪치면서 생긴 것들이었다.

중국 어디를 가나 있는 짝퉁 시장에서 있었던 일이다. 짝퉁 시장이라는 이름에 걸맞게 수많은 가짜 상품들이 눈을 유혹했다. 진짜 명품을 사용해 본 적이 없으니 어떤 것이 진짜에 가까운 가짜인지 구분도 못하지만 저렴한 가격에 손이 절로 갔다.

"이 가방 하나만 사면 안 될까?"

"안 돼."

"그럼 지갑은? 아니면 키홀더?"

"안 돼."

그는 계속 안 된다고만 했고 결국 난 화를 내고 말았다. 비싼 명품을 사겠다는 것도 아니고, 브랜드 없는 저렴한 물건을 사겠다는 것인데 왜 계속 안 된다고 하는지 이해할 수 없었다. 그리고 그곳에는 가짜 명품 외에 다른 물건은 팔지 않아 살 수도 없는데 도대체 날더러 아무것도 사지 말라는 거냐며 언성을 높였다. 그때 돌아온 그 사람의 대답은 간단했다.

"그러니까 여기 오지 말자고 했잖아. 당신 방송에서 뭐라고 말해? 그저 비싸기만 한 외국 명품에 현혹되지 말고 불법으로 거래되는 짝퉁도 사지 말라고 하지 않았어? 방송에서는 그렇게 말하면서 당신이 가짜 가방 들고 다니면 사람들이 당신 말을 믿겠어?"

"내가 이렇게 유별나게 굴어도 아무도 알아주지 않는다고."

"다른 사람은 몰라도 당신 자신은 알잖아."

그는 내가 특별한 사람이 되길 바란다. 누구나 가고 있는 그 길을 따라가는 건 쉽겠지만 그러면 결국 여러 명 중 한 사람밖

그 사람은 별이 되길 마다했다.
그 대신 내가 세상을 밝히는
별과 같은 존재가 되길 바랐다.

에 되지 않을 거라면서 말이다. 그리고 자신보다는 더 많은 사람들의 마음을 헤아리고, 옳지 않은 일에 대해서는 당당하게 맞서라고 했다. 그래서 회사에서 중요한 판단을 내려야 할 때에도 나 하나의 편안함만을 생각하지 말고 뒤에 따라올 단 한 사람을 위해서라도 신중하게, 그리고 분명하게 행동하라는 것이었다. 그럴 때면 나도 그저 평범하게 누구나 가는 길을 편안하게 걷고 싶다며 화를 내기도 했다. 그 사람의 말이 옳다는 건 알지만 때론 나도 옳고 그름을 떠나 다른 사람들처럼 편안하게 살고 싶기 때문이었다. 하지만 그렇게 며칠을 지내고 나면 내 마음은 어느새 평온을 되찾아 그와 뜻을 같이했고, 그 사람은 힘들게 해서 미안하다고 날 위로하며 다시 일어설 수 있게 기운을 북돋아 주었다. 한국을 떠나 1년 동안 지냈던 칭다오에서도 그는 늘 그렇듯 내 발걸음이 흐트러지지 않게 붙잡아 줬고, 힘겹지 않게 발걸음의 속도를 맞춰 줬다.

"여보, 난 당신이 지금처럼 밝은 별이 됐으면 좋겠어."
"그냥 오빠가 별 하면 안 돼? 난 그냥 까만 밤하늘 할래."
까만 밤하늘을 빛내는 별을 보며 농담 반, 진담 반으로 우린 얘기했다. 누가 세상을 밝게 비추는 별이 될지는 알 수 없다. 어쩌면 우리 둘 다 영영 모두의 별이 되지 못하고 운명을 다할 수도 있다. 아니면 이 세상을 떠난 이후에 판단이 내려질 수도 있고. 어쨌든 확실한 건 하나 있다. 나에게 그 사람은 별이고 그 사람에게 나는 별이라는 것이다.

따스한 봄바람이 불어오는 칭다오의 밤하늘에도 방비엥에서 본 그 하늘처럼 수많은 별들이 반짝였다.

그리움이
묻어나는 달에게

　　　　　　울음을 머금은 듯하면서도 담담하고 꿋꿋
한 양희은 씨의 목소리가 이어폰을 통해 내 몸속으로 들어왔다.
"그대 울지 마라 외로우니까 사람이다…."
　중국에서 그 사람과 함께 지내는 동안 매일 아침 난 학교 셔
틀버스를 타고 수업을 들으러 혹은 한국어 강의를 하러 학교
로 향했다. 눈길 돌리는 곳마다 푸르른 녹음이 우거져 있었고
곳곳에선 상쾌한 새소리가 들렸다. 시간에 쫓기며 회사에 출
근하지 않아도 되고 그날그날 평가가 이루어지는 방송으로 인
한 스트레스도 없는, 그동안 꿈꿔 왔던 생활이었다. 그런데 어
느 날인가 느닷없이 내 눈에선 눈물이 그렁그렁 맺혔다. 혹시
누가 볼까 하품인 척하며 눈물을 훔쳤다. 유난히 파란 하늘에

시원한 아침 햇살이 온 교정을 내리쬐던 날이었다.

정호승 시인의 〈수선화에게〉를 노래로 만든 곡을 들었다. 그날 이후 비가 오는 날이면 비가 오니까, 눈이 오는 날엔 눈이 온다는 이유로 그 노래를 찾아 들었다. 때론 눈물을 흘렸고 때론 위로를 받았다. 애인이 있다고, 가족이 있다고 해서 외로움이 없는 건 아니었다. 꼭 이별을 해야만 가슴 찢어지는 아픔을 느끼는 게 아니라는 걸 그제야 알았다. 그저 한없이 외로웠고 한없이 슬펐다.

그러던 어느 날 밤, 산책을 핑계로 그 사람과 함께 교정을 거닐었다. 낮 동안 달궈진 아스팔트의 열기가 밤공기를 만나 적당히 시원한 바람을 만들었다. 삼삼오오 산책을 하는 사람들의 소곤거림이 기분 좋은 밤이었다. 우린 떠나온 한국에서의 일들을 이야기했고, 오늘 하루 무엇을 했는지 그저 소소한 이야기들을 주고받았다. 원인 모를 외로움을 털어놓을 수도 있었지만 무슨 말부터 해야 할지, 내가 하는 말을 이해할 수 있을지, 이런저런 생각에 입이 떨어지지 않았다. 첫마디로 무슨 단어를 선택해야 할지조차 몰랐다.

그때 내 눈에 들어온 건 까만 밤하늘에 동그랗게 떠 있는 하얀 달이었다. 수십 년 동안 봐 온 달이지만 그날은 달이라기보다는 내 마음속 응어리들을 쏟아 낼 수 있는 구멍 같았다. 마치 블랙홀처럼 내 안의 어지러움을 빨아들여 저 멀리 날려 버릴 것만 같았다. 그날 달을 보며 무슨 말을 했는지 정확히 기억은 나지 않지만 이 말만큼은 기억난다.

'이 사람을 사랑할 수 있게 해 주셔서 고맙습니다. 그리고 이 사람을 끝까지 사랑할 수 있게 해 주세요.'

무엇 때문에 외로웠는지도 무슨 소원을 빌었는지도 정확히 기억나지 않지만 당시의 느낌과 그 노래를 들었을 때의 감정만큼은 생생하게 기억난다.

요즘도 달을 자주 본다. 더 나가 매일 밤 달과 함께 대화를 나눈다.

"달 달 무슨 달 쟁반 같이 둥근달 어디어디 떴나 동산 위에 떴지. 은산아, 달님이 은산이 보러 왔네. 달님한테 인사해야지. 안녕하세요!"

우리 집에선 하야시 아키코의 〈달님 안녕〉이라는 동화책이 단연 열독률 1위다. 처음 이 책을 받아들었을 땐 달님과 인사로 시작해 인사로 끝나는 아주 단순한 이 책이 엄마들 사이에서 왜 인기 도서인지 이해할 수 없었다. 하지만 지금은 한 구절 한 구절 어쩜 이렇게 잘 썼는지 감탄하고 있다. 아직 알아들을 수 있는 단어보다 알아들을 수 없는 단어를 더 많이 구사하고 있는 은산이기 때문에 의사소통은 잘 안 되지만 '달'만큼은 정확하게 말한다. 깜깜한 밤이 되면 달을 찾아 창문 앞을 서성이고 달을 보면 몇 번이고 '달!'이라고 외치며 즐거워한다. 차 속에서 가만히 있지 않고 칭얼거릴 때면 여지없이 달을 등장시킨다.

"은산아, 달이 은산이 보고 싶어서 계속 따라오고 있어."

차창 밖으로 보이는 달을 보며 이렇게 얘기하면 은산이는 울음을 뚝 그치고, 차가 방향을 틀 때마다 눈을 돌려 달을 쫓는다. 차에서 내려 집에 들어가기 싫어할 때도 마찬가지다.

"달님이 집에서 만나자네. 기다리고 있을 거라고 했어."

그러면 얼른 엘리베이터를 타고 집으로 들어가 창문에 한참을 기대어 서 있다. 은산이에게 달은 깜깜한 밤에만 만날 수 있는 소중한 첫 번째 친구인 셈이다.

그렇다면 나에게 달은? 요즘 내게 달은 그저 아들의 친구이며 하늘의 천체일 뿐이다. 하지만 더 거슬러 올라가면 달은 내게도 소중한 존재였다. 내 외로움을 달래 주었고 내 소원을 들어 주는, 비밀을 간직한 단 하나의 친구. 눈물은 눈물대로 받아 주고 웃음은 웃음대로 함께 기뻐해 주는 존재 말이다.

그런데 사실 요즘은 달을 보며 생각을 곱씹을 시간도, 외로움을 느낄 겨를도 없다. 달이 떠 있는 저녁 시간엔 그 사람과 아들 밥상을 차리느라 오늘은 어떤 모양의 달이 떠 있는지 지나칠 때가 많았고, 보더라도 은산이와 달님 얘기를 나눠야 했다. 고요한 밤이 되면 온 집 안에 불을 꺼 놓고 아기를 재워야

해와 달이 외롭지 않게 너의 길동무가 되어 주길….

했기에 함께 곯아떨어지는 날이 대부분이어서 홀로 달빛을 받을 여유가 없다. 이런 지금의 상황이 싫은 건 아니다. 아이와 함께 공유할 수 있는 얘기가 있고 함께 웃을 수 있으니 참 고마운 일이다. 혼자만의 감상에 젖는 시간이 없는 것이 아쉬울 뿐.

언젠가 방송 인터뷰에서 봤던 내용이다. "50대 여성들이 남편에게 가장 바라는 것이 무엇인가요?"라는 질문이 있었다. 답은 여자로 봐 달라는 것이었다. 육체적인 나이가 몇이든 모두의 마음속엔 소녀가 살고 있다는 얘기다. 떨어지는 꽃잎에도 눈물을 흘리던 감수성 풍부한 소녀, 긴 원피스를 바람에 흩날리며 뭇 남성들의 시선을 받고 싶어 하는 소녀 말이다. 하지만 지금의 나는 아이의 엄마이고 한 남자의 아내다. 소녀의 감수성보다는 점점 '아줌마'로 살라는 사회의 시선만이 느껴진다. 아직 내 나이 30대 중반이기에 내 안의 소녀가 완전히 자취를 감춘 건 아니지만 예전보다 점점 희미해져 가고 있는 건 부인할 수 없는 사실이다.

오늘은 까만 밤하늘을 환하게 비추고 있는 달을 볼 수 있을까? 오늘도 역시 달님 얘기를 하며 은산이 옆에 모로 누워 잠들겠지. 그래도 가끔은 달을 보며 눈물을 흘리고 마음속 비밀을 털어놓고 싶다. 아기 속살처럼 보드라운 내 마음에 굳은살이 박이기 전에.

산후조리원에서 퇴원한 후 몸조리는 친정 집에서 했다. 우리 집은 워낙 오래된 주택이라 겨울이 되면 시베리아 벌판을 거실 한가운데에 가져다 놓은 듯 찬바람이 쌩쌩 불었다. 햇볕이 드는 낮에는 그나마 조금 나았지만 해가 저물고 어두워지기 시작하면 아무리 보일러를 틀어도 발바닥만 따뜻할 뿐 발등부터 찬 기운이 느껴져 털신에 수면 바지, 어느 때는 오리털 점퍼를 입고 있기도 했다. 어른들이야 어떻게든 지낸다지만 한겨울에 태어난 아기가 살기에는 너무 악조건이었다. 그리고 아직 몸이 회복되기 전이라 미역국 하나 끓이는 것도, 집 안을 살피는 것도 어려울 것 같았다. 그렇게 해서 시작된 친정에서의 생활이었다. 아침저녁으로 부모님을 보고,

엄마랑 같이 드라마 보면서 수다도 떨고, 아빠가 퇴근길에 사 오신 통닭도 먹으니 마치 결혼 전으로 돌아간 기분이었다. 그러던 어느 날 엄마가 줄 것이 있으시다며 무언가를 들고 나오셨다.

"이게 다 네가 쓰던 물건이야."

어릴 적 내 사진에 자주 등장하던 주황색 담요와 엄마 화장대를 열면 항상 그 자리에 있던 청록색 베이비파우더 통, 그리고 우리 삼남매가 입었던 배냇저고리였다. 그중 배냇저고리는 얼마나 많이 입고 빨았는지 소매 끝이 낡아 실밥이 해져 있었다. 하지만 빳빳하고 정갈하게 접혀 있는 걸 보니 이걸 30년 넘는 시간 동안 얼마나 고이 잘 보관해 두셨는지 알 것 같았다. 하얀 눈처럼 깨끗한 천 위에는 눈 속을 헤집고 나온 제비꽃마냥 파란 꽃무늬가 새겨져 있었다.

"와, 이걸 내가 입었다고? 오빠들도? 그러면 거의 40년이 지난 물건이겠네? 그런데 왜 이걸 여태까지 가지고 계셨어요?"

"너희들한테 물려주려고 그랬지. 이젠 네가 갖고 있어."

담요는 30여 년 전엔 좋은 거였다고는 하지만 요즘 워낙 좋은 품질의 상품들이 나와서인지 무겁고 거칠었다. 색깔은 산뜻한 오렌지 빛이 아닌 촌스러운 진한 주황색이었다. 파우더 통은 어떤가. 요즘엔 그 미세한 가루가 아기들 기관지에 오히려 좋지 않다고 해서 잘 쓰지도 않을 뿐 아니라 엉덩이가 짓물러 꼭 써야 하는 상황에서도 크림 형태로 된 파우더를 쓰지 가루는 거의 팔지도 않는다. 배냇저고리는 은산이가 몇 번만 입으면 금방이라도 여기저기가 뜯길 것처럼 낡은 상태였다. 엄마는 손자, 손녀들도 쓸 수 있을 거란 생각에 남겨 두셨겠지만 어느 것 하나 선뜻 손이 가지는 않았다. 결국 난 그것들을 내집 서랍 속에 깊숙이 넣어 두고만 있었다.

그때까지만 해도 부모님으로부터 무언가를 물려받는다는 의미가 무엇인지, 어떤 마음으로 자식에게 물려주시는지 그 마음을 헤아릴 수 없었다. 그 의미를 조금이나마 알게 된 건 얼마 전이었다. 호스피스 병동에서 의사로 근무하는 김여환 씨가 쓴 책을 우연히 읽게 되었다. 죽음에 대해 큰 의미를 부여하지도 않았고 깊게 생각해 보지도 않던 내게 죽음을 생각하게 해 준 책이었다. 말기암으로 병동에 입원해 있던 다섯 살짜리 꼬마의 얘기를 이렇게 싣고 있었다.

"자신이 여행한 너무나도 짧은 생을 '생의 건전지가 다할 때까지 열심히 살아가는 것'이라고 말한 이 용기 있는 아이처럼 우리도 생명의 건전지가 다하는 날까지 생을 살아가야 한다."

소중한 것들을 서랍 속에서 꺼내 들고 뒤늦게 후회했던 날도 있었다.

죽음은커녕 삶조차 생각해 볼 시간이 없었을 이 어린아이도 죽음을 이렇게 준비하고 있구나 하는 생각이 머리를 때렸다. 사실 난 불 꺼진 방에 혼자 있는 것도 무서워하는, 겁이 무척이나 많은 사람이다. 그러니 죽음은 말할 것도 없다. 오죽 죽음이 두려웠으면 남편에게 나보다 먼저 죽으면 안 된다고, 단 며칠이라도 늦게 죽어야 한다고 사람의 의지로 지킬 수도 없는 다짐을 받아 놓을까. 그런데 저 아이의 말은 어둡다고 눈을 더 꼭 감지 말고, 어둠 속이지만 바람과 소리에 몸을 맡겨 눈을 뜨면 조금씩 앞이 보일 거라고 조용히 타이르는 것 같았다.

　'내가 죽는다면 누가 날 기억해줄까'라는 질문이 가장 먼저 떠올랐다. 죽기 전까지 방송을 하고 있다면 하루쯤 사람들의 입에 오르내리겠지, 남편은 나보다 오래 살더라도 나이가 있을 테니 얼마 못 가 이 세상을 뜰 테고, 남은 사람은 하나뿐인 아들 은산일 것이다. 그리고 연이어 떠올랐던 사람은 나를 낳고 키워 주신 친정엄마였다. 지금은 살아 계시지만 돌아가신 후엔 내가 지금 은산이에게 바라는 만큼 나는 엄마를 기억할 수 있을까?

　그때 머릿속을 스쳐 지나간 건 얼마 전에 주신 배냇저고리였다. 엄마가 너무 보고 싶을 때, 삼남매를 키우시느라 거칠어진 엄마의 작은 손을 잡고 싶을 때, 엄마한테서만 나는 엄마 냄새를 맡고 싶을 때 엄마의 손길이 가득 담긴 이걸 가슴에 품으면 마치 엄마가 옆에 계신 것처럼 느껴질 것 같았다. 그러고 보니 내가 은산이를 위해 만든 배냇저고리는 세상에 처음 발을 내딛는 녀석에겐 엄마를 닮은 또 하나의 품이기도 하지만 내가 이 세상을 떠난 이후엔 엄마를 느낄 수 있는 유품이었던 것이다. 어쩌면 친정엄마도 그런 생각으로 내게 배냇저고리를 주신 건지도 모른다는 생각을 하니 코끝이 찡해졌다.

    은산이가 입던 배냇저고리는 이젠 작아져 입을 수가 없다. 하지만 언제가 될지 모를 영원한 이별을 대비해 서랍 한편에 고이 접어 넣어 두었다. 은산이의 건강과 행복을 기도하며 바느질을 했던 간절한 마음과 하늘에서도 은산이의 곁을 지켜 주고 싶은 엄마의 사랑을 가득 담아서 말이다.

풍경에는
향기가 있다

　　　　　공기 중에 흩뿌려진 아카시아 향 사이로
포근한 그의 향기가 바람을 타고 내게 전해져 온다. 많은 사
람들은 갓 내린 신선한 원두커피에서 나는 은은한 향, 시골에
서 어머니가 보내 주신 참기름으로 나물을 무칠 때 나는 고소
한 향, 신선한 향기만으로도 군침 돌게 하는 딸기의 달콤한 향
을 좋아할 것이다. 물론 나도 그렇다. 하지만 그보다 더 나를
행복하게 하고, 없던 기운도 생기게 하는 향기가 하나 있다.
바로 그에게서 나는 향기다. 피곤한 하루 일과를 마친 후 고단
함을 풀어 주는 아로마 같기도 하고, 속상한 마음에 눈물을 쏟
았을 때 마음을 진정시켜 주는 엄마 냄새 같기도 하고, 햇볕에
바짝 말라 기분까지 상쾌하게 만드는 이불 냄새 같기도 한 향

기다.

연애 시절 그 사람이 잠시 고향인 정읍에 내려가 있을 때 우린 장거리 연애를 해야 했다. 그가 서울로 올라오는 일도 있었지만 내가 그의 고향으로 내려가기도 했다. 물론 그 사람을 만나기 위해서 기차를 타고 3시간 반을 가야 하는 고생이 뒤따르긴 했지만 조금만 버티면 그를 볼 수 있다는 생각에 오히려 기대에 부풀어 있곤 했다.

그의 고향 집에서 가장 가까운 신태인역에 내리면 그가 행복한 웃음을 머금으며 날 기다리고 있었다. 멀리서도 한눈에 알아볼 수 있는 그의 모습은 항상 내 편인 듬직한 아빠 같기도 했고, 미워할 수 없는 장난으로 날 웃게 만드는 귀여운 남동생 같기도 했고, 오랜만의 만남으로 반가움이 절로 드는 선생님 같기도 했다. 난 그를 보자마자 함박웃음을 지으며 거의 뛰다시피 그에게로 갔다. 그러고는 누가 먼저랄 것도 없이 두 손을 꼭 잡았다. 물론 꽉 안아 주고 싶은 마음이 가득했지만 젊은 남녀가 함께 다니는 것만으로도 이목이 집중되는 시골이라 아쉽지만 손을 잡는 것으로 마음을 대신해야 했다.

우린 서로에게서 눈을 떼지 않은 채 즐거운 대화를 나누며 역 앞으로 나갔다. 그곳에는 시골에서 흔히 볼 수 있는 작은 오토바이 한 대가 기다리고 있었다. 지금의 시아버지께서 들에 나가시거나 혹은 가까운 읍내에 나가실 때 타고 다니시던

마치 놀이동산에 온 아이처럼 들뜬 마음으로 그와 난 들판을 내달렸다.

전용 자가용인데 내가 올 때면 그는 꼭 오토바이를 가지고 나왔다. 부모님은 멀리서 온 손님인데 택시로 데리고 오지 힘들게 오토바이로 데려온다고 그 사람을 나무라기도 하셨지만 사실 난 택시보다 오토바이 타는 게 더 좋았다. 오토바이를 타야 가는 내내 뒤에서 그를 꼭 껴안고 시골의 상쾌한 공기와 그의 향기를 더 오래 맡을 수 있기 때문이었다. 또 조금은 느린 속도로 들꽃과 나무, 동네 사람들과 풍경을 만날 수 있었다.

일단 부모님께 드릴 과일이 들어 있는 검정 비닐봉지를 오토바이 손잡이에 척 걸쳐 놓은 후 뒷자리에 올라탔다. 마치 놀이동산에 온 아이처럼 들뜬 마음으로 그의 허리를 잡자마자 나는 "오빠 달려!"를 외쳐 댔다. 그는 꼭 붙잡아야 운전하기가 편하다면서 더 꽉 안으라고 말했다. 그렇게 우리는 시골의 풀 냄새, 흙냄새를 맡으며 한 폭의 그림 같은 길을 달렸다.

사랑이란 감정에 향기가 존재하는 것은 아니지만 우리는 자신의 사랑이 어떤 향기인지 모두 알고 있을 것이다. 초콜릿의 달콤함, 커피의 은은함, 어떤 이에게는 오렌지의 새콤함으로 각기 다를 테지만 말이다. 내가 느끼는 사랑의 향기는 포근한 그의 향기에 달콤한 나의 향기가 더해져 은근하게 멀리까지 퍼지는 꽃향기였다.

봄엔 바람결을 타고 오는 달콤한 아카시아 향에 우리의 사랑을 풀어 놓았다. 그렇게 은은한 향기 속에서 봄을 보내고 여름이 되면 우리의 웃음소리가 매미 소리와 어우러지며 주위를 유쾌하게 만들곤 했다. 오토바이를 타고 사람이 없는 들판을 가로지를 때는 큰 소리로 노래를 부르며 시골 풍경의 여백에 리듬을 더했고, 주위를 가득 메운 초록의 들판은 우리의 노래에 화답이라도 하듯 더욱 넘실거렸다. 그땐 무슨 할 얘기가 그리도 많은지 데이트를 마치고 집에 돌아간 후에도 밤새도록 전화기를 붙잡고 있었다. 때론 자정에 시작된 전화 통화가 아침이 되어야 끝나기도 했다.

가을엔 수채화 같은 시골 풍경의 일부가 되기도 했다. 젊은 사람들이 많지 않은 시골에서 우리 두 사람의 모습은 항상 눈에 띄었다. 그래서인지 밭일을 하시던 동네 어르신들은 우리가 지나가면 꼭 허리를 펴고 한참을 쳐다보셨고 그러면 난 오토바이 뒷자리에 앉아 처음 보는 분들에게도 꾸벅꾸벅 인사를 했다. 마치 온 동네 사람들에게 내가 그 사람의 애인임을 광고하듯이 말이다.

이렇게 우리는 오토바이와 함께한 시골 풍경 속에서 많은 추억을 만들었다. 아마 그때 자동차가 있었더라면 우리에게 이런 소중한 추억은 그저 소설 속 얘기로만 남았을 것이다. 그리고 함께 여행을 하면서 오토바이로 이곳저곳을 둘러볼 생각도 하지 못했을 것이다.

동남아 곳곳을 여행하면서 우리는 오토바이를 자주 타고 다녔다. 뜨거운 태양 때문에 살이 새카맣게 타고, 포장이 되지 않은 흙길을 달리느라 온몸에 먼지를 뒤집어쓰기도 했다. 그러나 그의 고향인 정읍의 시골길을 달렸을 때처럼 우린 풍경의 일부가 되기도 했고 차로 이동하면 만날 수 없었을 색다른 체험을 하기도 했다.

베트남 닌빈에서는 관광객들은 맛볼 수 없는 작은 골목집 음식도 먹어 볼 수 있었다. 너무 배가 고파 이 골목 저 골목 헤매던 끝에 들어가게 된 허름한 식당이었는데 음식 맛은 일품이었다. 그곳 사람들이 먹고 있는 음식을 보고 우리는 쏘이와 쩨호아꾸아를 주문했다. 차갑고도 쫄깃한 찰밥 위에 베트남 특유의 말린 소시지를 올린 쏘이라는 덮밥은 보기엔 별로였다. 그러나 한 입 먹는 순간 칠리소스의 매콤달콤함과 소시지의 짭조름함, 찰밥의 달큼한 쫀득함이 환상의 조화를 이루면서 입 안을 행복하게 만들었다. 그리고 쩨호아꾸아라는 빙수는 후텁지근한 그곳의 날씨에 제격이었다. 갖은 콩과 과일이 연유에 범벅이 된 채 곱게 간 얼음 위에 얹혀 나오는데 어릴 적 친구들이랑 나눠 먹던 옛날식 팥빙수 맛 그대로였다. 외국 관광객을 위해 만드느라 국적이 불분명해진 관광지의 음식들과는 분명 차원이 달랐다. 작은 골목이 안겨 준 반가운 선물이었다.

방비엥의 푸캄Phou Kham 동굴로 가는 길에서는 한 폭의 수묵화 같은 아름다운 풍경을 만나기도 했다. 건물 한 채 보이지 않는 넓은 들판에는 파란 하늘과 멋진 바위산이 조화를 이루고 있었다. 간간이 보이는 그곳 사람들의 모습은 풍경에 생명력을 불어넣었다. 새까매진 맨몸으로 물가에서 수영을 하는 동네 꼬마들, 긴 속눈썹과 순한 눈망울의 목동, 누구에게 기쁜 소식을 전하려는지 바삐 자전거 페달을 밟고 있는 우편집배원 아저씨, 작은 트럭을 개조한 통학 버스에 자리가 없어 밖에 매달려 가는 까까머리 학생들…. 우리는 이국의 아름다운 풍경들을 보느라 푸캄 동굴에 가야 한다는 것도 잊은 채 길에서 한참을 서 있기도 했다.

사원의 도시인 루앙프라방Louanghrabang에서는 여행자들로 북적대는 중심지를 벗어나 마을이 한눈에 내려다보이는 언덕 위 사원에 올라갔다. 태양을 닮은 붉은빛과 황금빛이 어우러진 사원에는 졸다 깨다를 반복하시던 할머니 보살님과 라오스의 전통 치마를 입고 있는 여학생들, 사랑을 속삭이는 젊은 남녀가 있을 뿐 외지인은 우리뿐이었다. 루앙프라방의 모습은 쌔근쌔근 자고 있는 아기 같았다. 그 풍경 속에서 우리는 잠시 10년 전 그의 고향 언덕에 올라가 사랑을 속삭이던 수줍은 연인이 되었다.

난 매일 꿈을 꾼다.
꿈을 꾸지 않는 건 또다른 고통이었다.

오토바이로 낯선 나라의 이 골목 저 골목, 이 산 저 산을 다니면서 우린 연애 시절 얘기를 많이 했다. 그 사람을 따라가 고추밭에서 고춧대를 세우던 일, 냉장고보다 시원한 물이 콸콸 솟는 우물에서 물을 긷던 일, 시골 장터에서 2,500원짜리 푸짐한 팥 칼국수를 먹던 일, 태어나 처음으로 산에서 고사리를 끊느라 날이 저무는지도 몰랐던 일, 태어난 지 며칠 안 된 강아지들과 마당에서 놀던 일…. 오토바이는 도시에서만 살던 나를 아름다운 이야기가 있는 풍경 속으로 안내해 주었다.

지금도 난 추억이 그리울 때면 자전거를 타다가도, 자동차를 타다가도, 걸어가다가도 외친다.

"오빠, 달려!"

3장

밋밋하지 않게
흔들리지 않게

내가
할 수 있을까

2002년 겨울 종로의 한 건널목에서였다.

"나중에 시간이 조금 더 흐르면 저 전광판에 '고민정 아나운
서, 조기영 시인과 결혼하다' 이런 기사가 뜨겠지?"

"에이, 무슨 소리! 신문에 나오는 사람들은 뭐가 달라도 다
른 사람들이에요. 내가 무슨 아나운서….'"

"왜! 난 꼭 그런 기사가 실릴 것 같은데?"

"나 놀리는 거지! 신호 바뀌었어요, 얼른 건너요!"

"왜 내 말을 안 믿지? 같이 가….'"

아나운서가 되고 싶어 하는 사람들 중엔 고등학교 때부터
방송반 생활을 하며 아나운서의 꿈을 키워 온 사람, 그보다 훨

멀고 긴 여행이었다.

나의 꿈을
갖는다는 것이….

씬 어릴 때부터 부모의 권유로 아나운서라는 직업을 준비한 사람, 말재주가 뛰어나 주위 친구들이 부추겨 아나운서가 되기를 원하는 사람 등 다양하다. 하지만 난 그런 사람들과는 거리가 멀었다. 어릴 적 엄마는 내가 선생님이 되기를 원하셨다. 가장 자주 하던 놀이도 나무로 된 내 방문을 칠판 삼아 하던 선생님 놀이였으니 엄마는 내가 당연히 선생님이 되리라 생각하셨을 것이다. 그리고 고등학교 시절, 방송반은 그야말로 학교에서 가장 예쁜 친구들이 가는 곳으로 초등학생 때부터 줄곧 통통했던 나와는 거리가 먼 곳이었다.

대학생이 되어서도 헐렁한 바지에 티셔츠 차림으로 남녀 구분 없이 털털하게 지냈으니 남자 선배나 동기들에게 난 가슴 떨리게 하는 여자 친구가 아닌 함께 소주 한 잔 기울이던 남자 친구와 같은 존재였다. 그렇게 20년 넘게 살아온 내게 처음으로 아나운서를 해 보면 어떻겠느냐며 제안을 한 건 지금의 그였다. 3학년 2학기가 끝나갈 무렵, 졸업하고 뭘 해야 할지 고민하던 내게 그 사람은 아나운서 얘기를 꺼냈다.

"민정이가 아나운서 하면 잘할 것 같은데."

"오빠, 아나운서는 일단 많이 예뻐야 하고 스카이 대학 나와야 되고, 어느 정도 인맥도 있어야 되는 것 아니에요? 난 그 중에서 어느 것도 해당되지 않는데 어떻게 도전해 보겠어요. 그리고 무엇보다 아나운서는 나랑 다른 세계에 살고 있는 사람들이나 하는 일이지 내가 속할 수 있는 곳은 아니에요."

"왜 해 보지도 않고 안될 생각부터 해. 민정이는 줄곧 사람들에게 희망을 줄 수 있는 사람이 되고 싶어 했잖아. 아나운서가 되면 더 많은 사람들이 당신에게 주목할 거고 그러면 소외된 사람들에게 힘이 되어 줄 수 있잖아."

"말은 쉽지만 내가 어떻게…."

이런 얘기들이 우리 둘 사이에서 1년 넘게 오갔고 그때마다 난 아나운서가 되는 건 내가 넘을 수 있는 벽이 아니라고 말했다. 하지만 계속된 그의 격려는 내 생각을 조금씩 변하게 만들었다.

일단 수천수만의 사람들 앞에서 노래 공연을 하던 내게 무대 공포증은 없었다. 오히려 사람들의 눈빛은 날 더 흥분하게 만들었으니까. 또 2년 동안의 노래패 회장 생활을 통해 사람들 앞에서 큰 부끄럼 없이 말할 수 있었고, 조직 생활은 어떻게 해야 하는지 터득할 수 있었다. 순간 그동안 내 눈에 보이지 않던 아나운서로서의 자질과 가능성이 보이기 시작하면서 전에 없던 자신감이 내 안에서 꿈틀대기 시작했다.

그렇게 아나운서를 향한 마음이 열리던 때 그 사람이 시내 한복판의 전광판을 보며 "고민정 아나운서, 시인과 결혼하다"라는 얘기를 꺼낸 것이다. 사실 그때 겉으로는 실없는 소리라고 핀잔을 주었지만 가슴속에서는 '혹시', '정말' 하는 단어들이 계속 맴돌았다.

"만약에, 진짜 만약에 그런 기사가 실린다면 기분이 어떨까요?"

"당연히 기분 좋겠지. 생각만 해도 행복하지?"

"진짜 그런 일이 생긴다면 지금 이 순간이 떠오르면서 기분이 묘할 것 같아요. 그럼 난 시인의 아내, 오빠는 아나운서의 남편이 되는 거겠네? 하하."

그날 이후 난 아나운서 시험을 준비하겠다고 선포했고 우린 만나기만 하면 방송과 언론, 아나운서의 일에 대한 대화를 많이 나눴다. 언론인다운 아나운서가 되어야 한다는 얘기, 그저 화려한 꽃으로만 존재하는 것이 아닌 삶으로 자신의 말을 실천할 수 있는 아나운서가 되어야 한다는 얘기, 한국 근현대사 속에서 언론을 권력으로부터 지켜 냈던 언론인들에 대한 얘기, 방송과 언론이 나아가야 할 방향에 대한 얘기 등 사랑을 속삭이기도 바쁜 시간에 우린 그렇게 아나운서가 되기 위한 준비를 시작했다. 하지만 그 사람을 제외한 주위 사람들의 반응은 냉담했다.

"야, 네가 할 수 있겠어?"

대학 시절 친하게 지냈던 친구들 중 네가 아나운서 하면 잘할 것 같다거나, 왠지 아나운서 이미지가 있다는 식의 긍정적인 반응을 보이는 사람은 단 한 사람도 없었다.

"민정아, 교사 임용 고시 보는 건 어때? 그것도 준비하려면 시간이 꽤 걸린다던데 지금이라도 하면 되지 않겠니? 아나운서 되려면 이것저것 필요한 것들이 많다던데…."

부모님조차도 딸이 아나운서가 되는 일은 그야말로 이루어질 수 없는 꿈이라고 생각하셨다.

"민정 선배 졸업도 했으면서 아직도 종로에서 빌빌거리고 있다면서?"

이런 얘기는 왜 꼭 내 귀에까지 들어오는지 모르겠다. 졸업도 하기 전에 취직을 한 대학 후배의 말이었다. 선배인 내가 졸업하고 나서도 왜 직장을 구하지 않는지 모르겠다며 비아냥거렸던 것이 몇 사람을 거쳐 내 귀에까지 들어왔다.

자꾸만 어깨가 움츠러들었다. 사람에겐 누구나 한 가지는 정해진 길이 있다던데, 내 길은 아나운서가 아님에도 억지로 나 스스로를 밀어 넣는 건 아닐까? 내게 콩깍지가 씌인 남자친구의 말만 믿고 무모한 도전을 하는 건 아닐까? 온갖 생각들이 집으로 돌아가는 발걸음을 무겁게 만들었다. 어두운 밤거리를 핑계 삼아 눈물을 흘렸던 적도 여러 번 있었다. 나의 가능성을 믿고 지지해 주는 사람이 없다는 것이 외로웠다.

그럴 때마다 그 사람은 내게 천군만마가 되어 주었다. 아무도 내가 아나운서가 될 수 있을 거라고 말하지 않는다며 속상해 하면 그는 사람들 안목이 너무 없다면서 웃음과 함께 모든 저녁노을처럼 느리게 흘러가고 싶다.

내 사랑이 그렇듯….

근심을 날려 주었다. 또 마치 내가 벌써 아나운서가 되기라도 한 것처럼 앞으로 전철 타기는 힘들겠다는 둥, 집은 여의도 근처로 잡자는 둥, 이런 방송을 하면 잘 어울리겠다는 둥의 얘기들로 아나운서가 되는 일은 환상 속의 일이 아님을 은연중에 계속 심어 줬다.

난 그 사람의 믿음 속에서 연습에 연습을 거듭했다. 그리 곱지 않은 내 목소리를 조금이라도 다듬기 위해 거의 하루도 거르지 않고 책을 소리 내어 읽었고, 대학에 들어간 이후 한 번도 짧게 잘라 보지 않은 머리를 뉴스에 나오는 아나운서처럼 짧게 자르기도 했다.

세상사에 대한 가치관을 정립하기 위해 학창 시절 읽었던 인문과학 서적부터 시사 주간지까지 꼼꼼히 읽어 나갔다. 지하철을 탈 때 손에는 항상 조간신문이 들려 있었고 데이트할 때도 우린 신문의 주요 기사에 대해서 자연스럽게 서로의 의견을 주고받았다. 그렇게 난 점점 아나운서의 모습을 갖춰 갔고, 여러 번의 낙방 끝에 2004년 1월 1일 드디어 '아나운서 고민정'이라는 내 이름이 새겨진 명함을 갖게 되었다.

간절히 원하면 온 우주가 그 꿈이 이루어질 수 있도록 도와준다는 말, 꿈은 내가 이룰 수 있는 만큼만 꾸는 것이 아니라 내가 꾸는 만큼 이루어진다는 말 등은 그저 책 속에나 있는 말이라고 생각했다. 하지만 이젠 내가 책 속에 나오는 사람이 되었다. 나조차 알지 못했던 아나운서의 가능성을 찾아 준 그가 없었다면, 끝까지 나를 믿어 주던 그가 없었다면, 나보다 더 나를 잘 아는 그가 없었다면 아마 지금도 저 문장을 믿지 않았을 것이다.

우리는 지금도 종로를 지나칠 때면 2002년 겨울을 추억한다. 아직도 종로에서 공부하느냐며 지나친 관심을 보였던 그 후배는 지금 나에 대해 뭐라고 얘기할까, 포털 사이트에 뜬 나를 보고 대학 친구들은 주변 사람들에게 뭐라고 얘기할까 상상하면서 말이다. 꿈은 그렇게 내가 꾼 모습 그대로 내 앞에 펼쳐졌다.

내가 특별한 사람이
되기 위해서

"그냥 좀 잘했다고 칭찬해 주면 안 돼요? 안 그래도 아나운서 아카데미에서 매일 깨지는데 오빠까지 이렇게 해야 돼요?"

"칭찬받자고 시작한 거 아니잖아. 그럼 자연스럽지도 않고 잘하지도 못하는데 무조건 잘한다고 해 줘?"

"그건 아니지만 자꾸 자신감이 없어진단 말이에요."

"잘하고 있어. 예전보다 훨씬 좋아졌고. 그리고 차라리 나한테 혼나는 게 낫지 다른 사람들한테 지적 받으면 더 자존심 상하지 않겠어?"

아나운서 시험을 준비하면서 그와 다투기도 많이 했고 울기도 많이 했다. 원인은 대부분 시험 준비가 미흡해서였다. 글의

"
172

문맥이 자연스럽지 못하다며, 카메라 앞에서 아직도 굳어 있다며, 지난번에 얘기해 준 걸 벌써 잊어버렸다며 혼나고 또 혼났다. 사실 그는 혼냈다기보다는 그저 있는 사실을 지적했을 뿐인데 내게는 연인에게 듣는 한마디가 다른 사람들의 말보다 더 날카롭게 가슴에 꽂혔다. 그럼에도 불구하고 여전히 변함없는 건 그는 정말 멋진 스승이라는 점이다. 지적을 받을 때는 없는 자존심까지도 다 땅에 떨어지는 것 같았지만 며칠만 지나면 그 지적이 얼마나 값진 피와 살이 됐는지 여러 번 경험했기 때문이다.

아나운서가 되기 위해선 말만 유창하게 잘한다고 되는 게 아니었다. 요즘은 전형이 조금 바뀌었지만 한자와 한국어 시험을 봐야 했고 논술 및 수필도 작성해야 했다. 한자와 한국어 시험이야 수능 시험 공부하듯 하면 되지만 문제는 논술이었다. 대부분 그렇듯 고교 시절 점수만을 위해 무작정 달려갔던 나는 책도 많이 읽지 않았고 글을 논리 정연하게 쓰는 능력 또한 없었다. 늦은 감은 있었지만 아나운서 시험공부를 본격적으로 준비하면서부터 신문과 시사 주간지를 꼼꼼히 읽기 시작했다. 그런데 사회, 문화 분야는 그럭저럭 할 만한데 정치 분야는 이해도 안 되고 재미도 없었다. 어릴 적 억지로 감기약을 입에 쑤셔 넣었던 것처럼 고되기만 했다. 정치인의 지나온 행적이나 다른 정치인들과의 관계, 한국을 둘러싼 세계 흐름 등을 알지 못하니 정치 관련 기사가 따분할 수밖에 없었다. 앞으로의 흐름이 읽히지 않으니 다음 날 신문이 기다려지지 않는 건 어찌 보면 당연한 일이었다.

그래서 난 매일 그와 통화를 하면서 이것저것 궁금한 것들을 질문했다. 이 사람은 원래 어떤 성향이었는지, 우리나라와 특정 국가와의 사이에 어떤 사건들이 있었는지, 왜 이 두 정당이 손을 잡았다 놓았다 하는지 끊임없이 물었다. 그럴 때마다 그 사람에게선 마치 클릭 한 번으로 모든 정보를 알아낼 수 있는 인터넷처럼 설명이 툭툭 튀어나왔다.

처음에는 하나부터 열까지 모르는 것투성이어서 논술을 쓰기는커녕 기본 지식을 쌓는 데 열중해야 했다. 하지만 하루 이틀 지나고 한 달 두 달이 흐르면서 어느새 그 사람과 토론을 하고 있는 나 자신을 발견하게 되었다. 그의 의견을 강력하게 반박할 만큼은 아니었지만 그의 부연 설명 없이도 토론을 이어 갈 수 있는 정도가 됐던 것이다. 지금이야 함께 뉴스를 보면서 같은 시점에 피식 웃기도 하고, 한숨을 내쉬면서 무언의 토론도 하지만 그때 나는 아는 것보다 모르는 게 더 많은 학생이었기 때문에 그 사람과 시사 얘기가 통한다는 건 대단한 성과였다.

우리는 함께 책도 많이 읽었다. 난 어려서부터 경쟁 상대가 있으면 뭐든 열심히 하는 성격이었다. 이기고 싶은 목표가 생기면 우직한 소처럼 도달할 때까지 묵묵히 하는 성격 말이다. 그래서 친한 친구들이 서로 성적이 비슷했던 중학교 2학년 때 공부를 가장 열심히 했고, 대학생 땐 가장 친한 친구가 동아리 활동을 열심히 해 나도 덩달아 열정을 쏟아부었다. 수많은 독서를 통해 모르는 게 없는 그는 내게 질투의 대상이며 이기고 싶은 경쟁 상대이기도 했다. 그렇게 시작된 독서는 논술 시험을 볼 때도, 방송에서 사람들과 대화를 나눌 때도 큰 도움이 되고 있다.

이렇게 필기시험을 차근차근 준비하고 있던 어느 날, 드디어 기다리고 기다리던 아나운서 시험 공지가 눈에 들어왔다. 아나운서에 응시하고자 하는 사람들은 이력서와 자기소개서, 그리고 정면, 측면, 전신을 찍은 사진을 보내라는 내용이었다.

"시험 공지가 나왔는데 생각보다 돈이 많이 들 것 같아요. 아카데미 친구들 보니까 사진 찍는 데만 10만 원 넘게 든대요. 또 메이크업 받으려면 그것도 10만 원이 훌쩍 넘고…. 그것뿐인가? 면접 볼 때 입을 정장은 대부분 맞춰 입는데 한 100만 원쯤 든다고 하더라고요."

막상 시험을 보려니 부딪히는 문제가 한두 가지가 아니었다. 우선은 적지 않은 돈이 큰 걸림돌이었다. 물론 부모님께 말씀드리면 어렵지 않게 해결할 수도 있었지만 이미 졸업도 했는데 부모님께 더 이상 손을 벌리고 싶지는 않았다. 그래서 일단 그동안 모아 둔 용돈으로 해결하기로 마음을 굳혔다. 한편으로는 아나운서가 되기 위해서 꼭 이 많은 돈을 써야 한다면 돈 없는 사람은 꿈도 꿀 수 없겠다는 생각에 기분이 영 좋지 않았다.

"민정아, 고민해 봤는데 최대한 돈을 들이지 않는 방향으로 해 보자. 일단 사진은 내가 찍어 줄게. 프로 사진작가만큼은 아니겠지만 잘 아는 사람이 찍으면 표정도 오히려 자연스러울 것 같은데, 어때?"

"오빠가? 스튜디오에서 잘 찍어도 될까 말까인데? 어휴, 그럼 옷은?"

"옷도 아웃렛 매장 많잖아. 잘 찾아보면 민정이한테 어울리는 옷이 있을 거야. 메이크업도 생각해 봤는데 내 여동생이 손재주가 좋거든. 그리고 평소에도 화장을 잘하고 다니니까 당신이 직접 하는 것보다는 나을 거야."

난 찬성할 수 없었다. 남들보다 더 좋은 곳에 가서 사진 찍고 더 눈에 띄는 옷을 입어도 될까 말까인데 그 사람 말대로 했다가는 떨어질 것 같았기 때문이다. 돈 들이지 않고 시험을 보자는 그 사람과 남들이 하는 만큼은 하겠다는 난 며칠 동안 티격태격했다. 하지만 결국 며칠 지나지 않아 그 사람의 한 마디 말에 마음을 바꾸게 되었다.

가끔 나를 세우는 그 사람의 말에 상처 받을 때도 있었다.
하지만 지금 나는 누구보다도 당당하게 내 길을 가고 있다.

"불안해 하는 마음 모르는 건 아니야. 하지만 아나운서가 되고 나서 사람들이 시험 준비 어떻게 했냐고 물어보면 뭐라고 할 거야? '별수 없어요, 돈 많이 준비하세요'라고 할 거야? 당신이 적은 돈을 들이고도 아나운서가 될 수 있다는 걸 보여 줘야 돈 때문에 꿈을 포기하는 사람들이 없을 거 아니야. 그리고 특별한 사람이 되려면 남들과 다른 힘든 길이라 하더라도 감내해야지. 그렇기 때문에 특별한 사람인 거야."

"그건 아나운서가 되고 난 다음의 문제잖아요. 일단 난 아나운서가 되고 싶단 말이에요."

"난 당신이 나에게만이라도 특별한 사람이 되었으면 좋겠어."

남들과 다른 길을 걷는다는 건 그때나 지금이나 참 외롭고 견디기 힘든 일이다. 그 길을 걸은 이가 없기에 끝이 어디인지 알 수 없고, 앞서 간 사람들의 발자국이 없기에 갈림길을 만날 때면 항상 어느 길을 선택해야 할지 고민하게 된다. 그렇다고 이곳저곳 마음껏 누비고 다닐 수도 없다. 혹시나 뒤에 따라오고 있을지 모를 누군가가 나처럼 길을 헤맬 수도 있으니까. 길이 보이지 않는다고 그냥 주저앉을 수도 없다. 이 길 끝엔 무엇이 있는지 후배들에게 알려 줘야 하니까.

결국 난 사랑하는 이의 특별한 사람이 되기 위해, 혹시 꿈이 이루어져 날 뒤따라오게 될 그 누군가의 특별한 사람이 되기 위해 최소한의 비용으로 시험을 치렀다. 사진은 동네 공원에서 그 사람이 찍어 준 것으로 제출했고, 옷은 동대문 시장과 아웃렛 매장에서 한 벌씩 샀다. 화장은 미용실 대신 그 사람의 동생 집에서 해결했다. 그렇게 나름대로 준비하고 KBS 공채 아나운서 시험에 도전했고 당당히 30기 아나운서가 되었다.

아나운서 시험 철이 되면 가끔 조언을 듣고자 메일을 보내거나 직접 찾아오는 시험 준비생들이 있다. 시간이 꽤 흘렀지만 그 당시 내가 했던 고민들을 그들도 똑같이 하고 있었다. 그러면 난 이렇게 말한다.

"모두가 하는 것처럼 똑같이 한다면 당신은 n분의 1의 경쟁력밖에 가질 수 없어요. 하지만 남들과 다른 당신만의 개성을 살린다면 그 경쟁력은 1분의 1, 즉 100퍼센트의 경쟁력을 가질 수 있다는 거죠. 남들과 같아지려 하지 말고 특별해지세요. 특별한 행동만이 특별해질 수 있으니까요."

처음 만났을 때보다 조금 더 씩씩해진 그들의 뒷모습을 보면서 난 속삭인다.

'저도 특별해지도록 노력할게요. 당신에게 특별한 사람이 되기 위해서, 그리고 내가 사랑하는 그 사람에게 가장 특별한 사람이 되기 위해서….'

"노자를 좋아한다고 했는데 그 사람의 말 중에서 기억나는 게 있습니까?"

"인위적인 것을 멀리하고 자연으로 돌아가라는 노자의 사상을 좋아하긴 하지만 그분의 말 한마디 한마디를 기억하고 있지는 못합니다."

"그럼 상선약수라는 말은 압니까?"

"… 죄송합니다."

"그런 것도 모르면서 노자를 좋아한다고 말할 수 있는 겁니까?"

"…."

한 케이블 TV의 면접에서 있었던 일이다. 난 1초라도 빨리 그 자리를 벗어나고 싶었고 아무런 준비가 안 된 내 자신이 너무 부끄러워 화가 날 지경이었다. 사실 난 공자, 맹자, 노자의 대략적인 차이만 알고 있었지 그 사상가들이 어떤 말을 남겼는지조차 기억하지 못하고 있었다. 중어중문학과 출신으로 학생 때 이미 배웠던 것임에도 불구하고 면접이라는 긴장감 때문에 한순간에 온 집 안의 불이 정전된 것처럼 머릿속이 새까맣게 되었다. 준비된 원고와 준비된 질문들로만 연습을 했던 내가 실전에서 무참하게 깨질 수밖에 없었던 건 어쩌면 당연한 일이었다. 난 나의 무지함이 부끄러워 울었고, 날 몰아세우던 그 면접관이 원망스러워 울었고, 역시 아나운서는 내가 다가설 수 없는 자리란 생각에 울었다.

그런데 의외의 일이 벌어졌다. 내가 합격했다는 것이다. 그렇게 면접을 망쳤는데도 말이다. 난 뛸 듯이 기뻤고 부푼 기대를 안고 방송국에서의 근무를 시작했다. 회사 이곳저곳을 둘러보고 카메라 앞에 앉아 실전처럼 연습도 해 보며 행복한 며칠을 보냈다. 그런데 어느 날 그 사람이 회사를 그만두면 안 되겠느냐는 말을 했다. 진짜 아나운서가 된 지 며칠 되지도 않았는데 말이다. 회사 이름과는 다르게 경마 방송을 하고 있다는 것이 이유였다. 자세히 알아보지도 않고 이름만 보고 지원했던 나의 실수였다. 경마 방송이 무조건 나쁘다는 것이 아니라 힘없는 이들에게 작은 보탬이라도 되고 싶었던 평소의 인생관과는 배치되는 일이기 때문이었다.

하지만 일은 여기에서 그치지 않았다. 그렇게 며칠 만에 그 만둔 내가 회사 입장에서는 괘씸할 법도 한데 면접 때 날카롭 게 질문을 던진 회사 이사가 직접 나를 찾아와 다시 출근하기 를 요청하는 것이었다. 난 이미 마음을 결정한 상태여서 정중 히 거절했다. 분명 껄끄러울 수 있는 자리였지만 그분은 오히 려 이런 말씀을 하셨다.

"지상파 아나운서가 꿈이겠죠? 꼭 끝까지 해 보세요. 내가 보기에 민정 씨는 가능성이 있는 사람이에요. 우리 회사에서 같이 일하지 못하게 되어 아쉽지만 TV에서 다시 볼 수 있었으 면 좋겠어요. 왠지 꼭 그렇게 될 것 같아서요. 그러니 절대 포 기하지 마세요!"

"어휴, 내 이름은 없네."

한 번은 기업체에서 사내 방송 아나운서를 뽑는다기에 응시 를 했다. 하지만 결과는 불합격이었다. 케이블 TV를 그만두 고 시험을 몇 군데 더 봤지만 합격 소식은 먼 나라의 이야기처 럼 느껴졌고, 그 와중에 모 기업체 시험마저도 떨어졌다. 또다 시 포기할까 하는 마음이 고개를 들었지만 그래도 시험을 칠 때마다 단점이 보완되고 있지 않느냐며 스스로를 애써 위로했 다. 그렇게 우울한 날들을 보내던 어느 날 나를 떨어뜨린 모

기업체 방송 팀에서 한 통의 전화가 걸려 왔다.

"무슨 일로 전화했나 싶으시죠? 다름이 아니라 전 방송 팀에 있는 사람인데요, 괜찮으시다면 다시 한 번 시험을 보시면 안 될까요? 실무진에서는 민정 씨가 좋다고 판단을 했는데 위에서 반대를 하셨거든요. 그래서 위에 민정 씨를 한 번만 더 봐 달라고 얘기를 했어요. 저로서도 어렵게 얻어 낸 기회니까 한 번 더 시험을 보러 오시면 안 되겠어요?"

난 이게 무슨 일인가 싶었지만 저절로 굴러 들어온 기회를 놓아 버릴 이유는 없었다. 그래서 난 마음을 다잡고 다시 시험을 보러 갔다. 하지만 결과는 애석하게도 불합격이었다. 한 번 더 기회를 준 그분께 죄송하기도 했고 두 번의 기회를 얻었음에도 합격하지 못한 내 자신이 못나게 느껴졌다. 하지만 그분은 다시 내게 전화를 하셔서 이런 얘기를 해 주셨다.

"아쉽게 됐네요. 하지만 제 눈이 잘못되었다고 생각하지는 않아요. 분명 더 큰 곳에서 방송하실 거예요. 그러니까 포기하지 말고 더 열심히 하세요!"

난 아나운서 시험에서 여러 번 고배를 마셨지만, 거친 물살이 일던 준비 기간을 잘 건너갈 수 있게 다리가 되어 준 이들덕분에 지치지 않고 계속 항해할 수 있었다. 불합격 소식에 풀이 죽어 있던 내게 그들의 말 한 마디는 얼어붙었던 마음을 따뜻하게 녹여 줬다. 난 마치 엄마의 기대에 부응하기 위해 무

누구도 내게 등을 떠밀지 않았다.
이 길을 가라고….

하지만 나는 알고 있다.
사람은 사람의 다리가 된다는 것을….

엇이든 열심히 하는 아이처럼 그들의 눈이 잘못되지 않았다는 것을 확인시켜 주기 위해서라도 '한 번만 더, 한 번만 더'를 외쳤다.

그중에는 시험장에서 만난 응시생도 있었다. 모 백화점에서 상품을 소개할 리포터를 뽑는다는 말에 시험장으로 찾아갔다. 그곳에서 자신감이 가득 차 찰랑거리는 어떤 이를 만났다.

"다른 방송 경력 있어요?"

"없는데요. 이제 막 아카데미 졸업했어요."

"흥, 그래요."

'뭐야, 이 사람! 지금 경력 없다고 무시하는 거야?'

그녀를 처음 본 순간부터 어디에서 본 듯한 느낌이 들었다. 어디에서 봤더라 하고 한참을 생각하고 있는데 그녀의 말 한마디에 누구인지 곧 알게 되었다. 바로 지상파 아침 방송에 나오던 리포터였다. 그날 난 거만한 자세로 앉아 있는 그녀 앞에서 직속 후배라도 되는 양 얌전한 자세로 앉아 있었다. 자존심이 상했다. 누가 그렇게 하라고 시킨 것도 아니었으나 그녀의 경력과 자신감이 나를 저절로 주눅 들게 만들었다. 당시 나뿐 아니라 시험을 치러 온 모든 응시생들은 그녀를 부러운 눈으로 바라봤고, 그 눈길을 즐기기라도 하듯 그녀는 특유의 도도함을 잃지 않았다.

난 시험장을 나오면서 주먹을 꽉 쥐었다. 내게 부족한 방송 경력을 갖추어야겠다는 생각이 아니라 내게 없는 자신감을 갖추어야겠다는 생각에서였다. 더불어 겸손함까지 갖춰 언젠가는 그녀 앞에 당당히 설 것이라고 다짐하면서 말이다. 이렇게 그녀는 내게 큰 자극이 되었다. 그 이후에 실제로 면접을 볼 때 모르는 질문이 나와도 절대 당황하지 않게 되었다. 또 겸손한 태도로 실수를 인정하는 법, 나의 생각을 정확하고 당당하게 전달할 수 있는 법을 배우게 된 데에는 그녀의 역할이 컸다.

이밖에도 지금의 내가 존재할 수 있기까지 많은 이들이 도와줬다. 케이블 방송에서 아나운서 생활을 하고 있을 때 나보다 먼저 입사한 아나운서 선배들은 내가 KBS 아나운서 시험을 보고 있는 중이라는 걸 알면서도 눈치를 주기는커녕 아낌없는 응원을 보내 줬다. 화장실의 통유리를 통해 정면으로 보이던 KBS를 넋 놓고 보고 있으면 어깨를 두드려 주기도 했고, 필기시험 전날에는 시험 잘 보라면서 합격 기원을 담은 초콜릿을 선물해 주기도 했다. 그리고 입사한 지 두 달 만에 KBS에 합격해 사표를 냈을 때 그 방송국의 보도국장은 불쾌해 하기는커녕 환송연을 열어 주었다. 좋은 인재를 잃게 되어 아쉽기는 하지만 더 큰물에서 기죽지 말고 지금까지의 경험을 발판으로 마음껏 재능을 펼치라면서 말이다.

태국 방콕에 있는 왕궁에 갔을 때 한 벽화를 봤다. 현지인들에겐 수호신과 같은 거인이 자신의 몸을 절벽에 걸치고 사람들이 강물을 건너갈 수 있게 다리를 만들어 주고 있었다. 지금의 나를 있게 해 준 이 모든 사람들이 내게는 그 수호신과도 같다. 이들이 없었다면 난 강물을 건널 생각도 하지 못하고 그저 강 건너편을 부러워하기만 했을 것이다. 그 벽화를 보며 내 주변의 소중한 사람들을 떠올렸고, 동시에 이젠 내가 누군가의 다리가 되고 싶다는 생각을 했다. 어떤 험한 물살 앞에서도 머뭇거리지 않고 내 몸을 던질 수 있을 만큼 강해지고 싶다는 생각과 함께.

아나운서
고민정입니다

  "〈인간극장〉에 나오시는 분 맞죠? 많이
힘드시죠? 그래도 응원하는 사람 많으니까 기운 내세요!"

  2004년 봄이 채 오기 전이었다. 여의도역에 내려 횡단보도
를 건너려고 하는데 한 여성분이 다가와 말을 건넸다. 당시 〈인
간극장〉에서는 나를 포함한 우리 동기 아나운서들의 교육 받
는 모습이 방송되고 있었다. 매일 연습하고, 혼나고, 또 연습
하고, 또 혼나는 끝나지 않을 것 같은 생활이 반복되고 있었
다. 아침마다 일찍 출근하는 것도 익숙하지 않던 때인데다가
오늘은 또 무슨 일로 야단맞을까 하는 생각에 멍하니 서 있는
모습이 그분에게는 안타까워 보였나 보다.

  아나운서만 되면 그저 행복한 나날이 펼쳐질 줄 알았는데,

그저
　　행복한 날만 말할 수 있을 것 같던 때도
　　　　　　있었다.

그저 방송만 열심히 하면 되는 줄 알았는데 역시 하루아침에 이루어지는 것은 없었다. 특정 발음이 부정확하다, 말할 때 입 모양이 비뚤어진다, 눈빛이 너무 긴장되어 있다, 목소리가 너무 울퉁불퉁하다, 앉아 있는 자세가 이상하다 등 생각지도 못한 지적들이 계속 이어졌다. 이렇게 부족한 것투성이인 내가 과연 방송이란 걸 할 수는 있을까 덜컥 겁이 나기도 했고, 이렇게 지적만 할 거면 왜 날 뽑았느냐며 원망을 하기도 했다. 그러던 중 들었던 힘내라는 말 한마디는 내게 큰 위로가 되었고, 지금까지도 방송을 잘할 수 있도록 지탱해 주는 힘이 되었다.

방송을 하다 보면 항상 좋은 일만 있을 수는 없다. 하루가 멀다 하고 인터넷에 내 이름이 기사화되며 가는 곳마다 알아보는 사람들로 힘이 될 때도 있지만, 아무리 많은 인파 속에 파묻혀 있어도 알아보는 사람 한 명 없는 외로운 섬이 될 때도 있다. 내 이름은 빠른 속도로 잊혀졌고, 매일 방송을 하고 있음에도 친구들에게서 요즘 방송 안 하냐는 말을 들을 때도 있었다. 말할 수 없는 허무함과 역시 난 안 되나 봐 하는 자책감에 숨이 막혔다. 하지만 그럴 때마다 다독여 주는 건 어디선가 응원하고 있을 이들의 목소리였다. 날 감동시켰던 횡단보도의 그분처럼 힘내라고, 당신을 응원하고 있다며 보이지 않는 곳에서 날 지켜 주는 고마운 사람들 말이다. 이 모든 것은 아나운서가 됐기 때문에 겪어야 할 고통이기도 하지만 아나운서가 됐기 때문에 누릴 수 있는 즐거움이기도 하다.

즐거움은 전국 곳곳을 돌아다니면서 마주치게 되는 내 사진에도 있었다. 〈무한지대 큐〉를 3년 가까이 진행했기 때문에 전국의 식당에는 내 사진이 참 많이도 걸려 있다. 처음엔 낯선 곳에서 마주친 내 사진이 어색했지만 시간이 흐르면서 왠지 어깨에 힘도 좀 들어가고 그만큼 유명해졌다는 생각에 기분이 은근히 좋아지기도 했다.

하지만 한 번은 이런 웃지 못할 일도 있었다. 부모님과 함께 인제로 빙어 낚시를 갔을 때였다. 오랜만에 썰매도 타고 얼음 구멍을 만들어 빙어 낚시도 하며 신나게 놀다 출출해진 배를 채우기 위해 한 식당에 들어갔다. 그곳은 그저 발길 닿는 대로 간 곳이 아니었다. 멀리서도 한눈에 들어오던 〈무한지대 큐〉 간판을 보고 반가운 마음에 들어간 곳이었다. 우리는 더욱 반갑게 인사하며 식당 안으로 들어갔다.

"어서 오세요! 뭘 드릴까요?"

'내가 모자를 써서 못 알아보나?'

그때쯤이면 와야 할 반응이 없었다. 그래서 난 슬며시 모자를 벗었다. 하지만 역시 반응이 없었다. 그런데 이런 생각을 나만 한 게 아니라 우리 가족 모두가 하고 있었나 보다. 특히 딸에 대한 자부심이 강했던 부모님은 입이 근질근질하셨는지

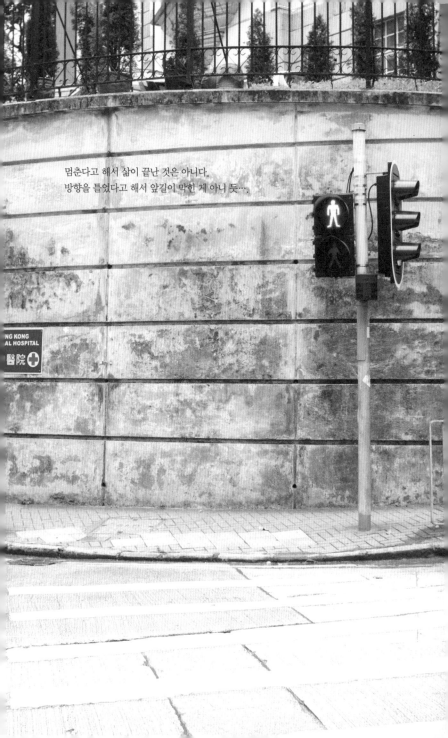

멈춘다고 해서 삶이 끝난 것은 아니다.
방향을 틀었다고 해서 앞길이 막힌 게 아니 듯….

계산을 하면서 기어이 내 얘기를 꺼내셨다.

"얘 모르겠어요? 얘가 고민정 아나운서잖아요, 〈무한지대
큐〉 진행하는!"

"아, 네⋯."

부모님이 그렇게 상세히 얘기하셨음에도 불구하고 반응은
영 심드렁했다. 당시 우리를 보던 주인아주머니의 눈빛은 딸
을 아나운서 시키고 싶어 이런 농담까지 하는구나 생각하는
표정이었다. 난 민망함에 얼굴이 빨개졌고 순간 분위기는 묘
해졌다. 이 상황을 빨리 수습해야겠다는 생각에 방송 시간엔
다들 장사하시느라 못 봤을 거라며 너스레를 떨었고, 다른 손
님이 오는 틈을 타 재빨리 부모님을 모시고 나왔다. 그때의 민
망함과 서운함이란 이루 말할 수가 없었다. 그 외에도 아나운
서 닮았다는 둥, 목소리가 꼭 아나운서 같다는 둥 가지각색의
답하기 곤란한 반응들이 날 곤혹스럽게 만들곤 했다. 하지만
이런 민망함도 대학생들을 만나고 나면 말끔히 씻겨 나간다.

가끔 대학생들이 특강을 요청해 오기도 한다. 대학을 졸업
한 지 얼마 되지 않은 사회인, 그것도 요즘 인기 있는 아나운
서라는 직업 때문에 뭔가 도움이 될 만한 얘기를 들을 수 있을
거라 판단하는 것 같다. 이유야 어떻든 난 학생들과의 만남을
무척이나 좋아했다. 사실 아나운서를 꿈꾸기 시작하면서부터

하고 싶었던 일 중 하나였다. 예전부터 난 연봉의 액수만을 따지며 취업을 준비하는 후배들에게 눈부신 자신만의 꿈을 키워 가라고 말했지만, 아직 백수였던 내 말은 허공에서 흩어지기 일쑤였다. 대학은 직업학교가 아닌 지성의 전당이 되어야 한다는 이야기는 아나운서라는 꿈을 이루지 못한 이상주의자의 허황된 말로 여겨지곤 했다. 그래서 난 아나운서가 되면 꼭 그들에게 할 말이 있었다. 세상이 만들어 놓은 틀에 줄 맞춰 가기보다는 내가 만든 틀에 세상이 따라오게 하라고. 적어도 1, 2학년 때는 두꺼운 토익 책보다 세상을 바라보는 가치관을 만들어 줄 수 있는 다양한 책을 읽으라고 말하고 싶었다.

학생들과의 만남은 내가 꿈꿔 오던 것 그 이상이었다. 살아 숨 쉬는 그들의 눈빛은 차가운 카메라 렌즈보다 내 심장을 더 뛰게 했고, 이제 무엇을 해야 할지 알게 되었고 잃었던 자신감도 찾았다며 고마움의 마음을 전하는 그들의 메일은 내게 큰 격려가 되었다. 그리고 무엇보다 초심을 잃고 잠시 나태해졌던 내 자신을 돌아보게 했고, 그들에게 했던 내 말이 거짓이 아님을 증명하기 위해서라도 더 열심히 살아야겠다는 생각이 들었다. 그렇게 난 내가 내놓는 것보다 더 많은 것을 얻어 오곤 했다.

이렇듯 아나운서라는 직업은 내게 참 많은 선물을 했다. 고여 있으면 썩어 버리지만 쓰면 쓸수록 자꾸 새로운 물이 샘솟는 우물처럼 말이다. 그 우물은 나의 존재를 전혀 모를 것만 같았던 이웃 나라 중국에서도 샘솟았다. 중국 학생들에게 한국어 회화를 가르치던 중 '방송국'이란 단어가 나왔고 난 내가 한국에서 했던 일이 무엇인지에 대한 얘기를 해 줬다.

"여러분은 잘 모르시겠지만 제가 한국에서 방송 일을 했거든요."

"저희도 알아요."

"아, 다른 교수님이 얘기해 주셨나 봐요?"

"선생님 기사를 봤어요."

한국어학과 학생들이니 한국의 유명 포털 사이트를 뒤졌나 보다 생각했다. 그런데 그게 아니라 중국의 유명 포털 사이트에 내 기사가 검색된다는 것이다. 난 학생들이 기분 좋으라고 해 주는 말인 줄 알고 그냥 웃어넘겼지만 설마 하는 생각에 집에 돌아가자마자 중국 포털 사이트에 내 이름을 검색했다.

"어, 있다!"

중국의 어떤 기자가 내가 〈스펀지〉 진행자가 됐다는 기사를 사진과 함께 중국어로 올려놓은 것이었다. 물론 한류 스타가 넘쳐나는 요즘 나에 대한 기사는 아주 일부분이었지만 난 꼭 다른 사람의 기사를 보는 것처럼 마냥 신기해 했다. 그 후로 학생들이나 교수님들은 한국 포털 사이트에서 내 기사를 찾아 결혼사진을 봤다는 둥, 〈청혼〉 시를 받아 좋겠다는 둥 더 많은 관심을 보였다.

아나운서 생활은 분명 내게 쓰디쓴 시련을 주기도 하지만, 또 그걸 잊게 할 만큼 달콤한 기억을 선사하기도 한다. 앞으로 또 어떤 어려움이 가로막을지 예상할 순 없지만 분명 또 다른 즐거움이 기다렸다는 듯 나타나 지친 마음을 달래 줄 것임을 난 알고 있다. 난 그저 모든 귀와 눈과 마음을 활짝 열어 놓고 내 길을 가기만 하면 된다. 나를 믿어 주는 사람들과 함께, 지금처럼 이렇게….

빠져든다는 것,
스며든다는 것

"끼익, 쿵!"

"아…. 나 괜찮은 거야? 어휴, 시간 다 돼 가네. 일단은 가야겠다!"

입사한 지 얼마 안 됐을 때의 일이다.

추운 겨울 어느 새벽, 요란스럽게 휴대전화 벨이 울렸다. 벌써 일어나야 할 시간인가 하고 시계를 봤지만 아직 1시간은 더 잘 수 있었다. 도대체 이 밤중에 누구 전화지? 비몽사몽인 상태로 전화를 받았다.

"민정아, 나 어떡해. 이제 일어났어. 5시 라디오 뉴스 해야 되는데 우리 집에서 회사까지 아무리 빨리 가도 5시 안에는 도착 못 할 것 같아. 네가 좀 가면 안 될까?"

당시 우리 집은 회사까지 차로 10분 거리에 있었다. 거의 울먹이는 듯한 동료의 목소리에 순간 잠이 번쩍 깬 나는 일단 시계를 봤다. 4시 35분을 가리키고 있었다. 일단 방송 펑크는 막아야겠다는 생각에 알았다는 대답을 하고 옷만 대충 걸치고 차에 올라탔다. 차에 타고 보니 40분.

'회사 앞에 가서 주차를 하고 계단을 올라가 원고를 들고 스튜디오에 앉으면….'

머릿속으로는 일분일초를 계산하고 있었지만 심장은 이미 심하게 방망이질 치고 있었다. 입사한 지 얼마 되지 않은 때라 만일 뉴스가 펑크라도 나면 동료가 회사를 그만둬야 할지도 모른다는 생각에 긴장감은 더했다. 새벽이라 차도 없고 10분이면 충분히 갈 수 있는데도 발은 자꾸 가속페달을 밟았다. 그날따라 핸들을 잡고 있던 손은 부들부들 떨렸고, 브레이크와 가속페달을 정확하게 오가야 할 다리도 흥분을 가라앉히지 못하고 있었다.

그렇게 반은 정신이 나간 상태에서 운전을 하던 나는 그만 일을 저지르고 말았다. 우회전을 해야 하는 곳에서 속도를 늦추지 못한 차는 미처 다 꺾이지 못한 채 대각선으로 미끄러지며 정면에 있는 고가 다리의 기둥을 받아 버린 것이다. 상당한 충격이었다. 물론 워낙 이른 시간이라 차도, 사람도 없어 다행이기는 했지만 차의 앞과 옆은 완전히 찌그러졌다. 하지만 지금 사고를 걱정할 상황이 아니었다. 시간은 5시를 향해 가고 있었기 때문이다.

"일단은 뉴스부터 하자."

난 머리에 맞아 비뚤어진 룸미러를 바로잡고, 전선만 남은 채 목이 잘린 백미러를 왼손으로 받쳐 들고 운전을 계속했다. 신기한 듯 쳐다보는 운전자들의 시선이 느껴졌지만 내게는 그저 5시 뉴스를 해야겠다는 생각밖에 들지 않았다. 결국 난 욱신거리는 몸을 이끌고 5분 전에 스튜디오에 도착해 무사히 방송 펑크를 막을 수 있었다.

그때 내게 방송은 목숨처럼 지켜 내야 하는 일이었다. 이제 와 돌이켜 보면 왜 다른 방법은 생각하지 못했을까, 왜 그렇게 무모하게 일을 처리했을까 하는 생각이 들기도 하지만 그때는 그저 한 가지 방법밖에는 보이지 않았다.

이런 일도 있었다.

아나운서에게 가장 피하고 싶은 병은 바로 감기다. 상처야 옷으로 가리면 되지만 목소리가 생명인 아나운서에게 감기는 가릴 수도, 가려지지도 않는 병이다. 그래서 조금만 감기 기운이 있으면 미리 약을 먹어 사전에 차단해야 했다.

그날도 목감기 기운이 있어 일어나자마자 약을 입에 털어 넣었다. 약을 먹은 것까지는 괜찮았는데 빈속에 먹었던 것이 문제였다. 출근 시간은 점점 다가오는데 자꾸만 어지럽고 속이 매스껍고 심지어는 호흡하기도 힘들어지는 것이었다.

"당신 이렇게 아파서 방송할 수 있겠어? 전화해서 오늘은 방송 못하겠다고 얘기해야 할 것 같은데?"

"안 돼. 방송국에 가야 돼. 오빠가 좀 데려다 줄래?"

말은 그렇게 했지만 난 몇 발자국 가지도 못하고 그 자리에 풀썩 주저앉고 말았다. 호흡은 갈수록 점점 더 거칠어졌고, 몸을 똑바로 펴고 걸을 수조차 없었다. 아내가 이렇게 아파하는 걸 처음 본 그는 당황하기 시작했다. 그 와중에도 나는 방송국으로 가자고 고집을 부렸다.

"일단 방송국으로 가요. 바람 좀 쐬면 괜찮아질 수도 있으니까."

"무슨 소리 하는 거야! 몸이 더 중요하지. 방송이 그렇게 중요해? 병원으로 가!"

그 사람의 부축으로 차 뒷자리에 실리다시피 한 나는 좋아지기는커녕 더욱 고통을 호소했고 더 이상 참을 수 없자 그제야 방송국에 전화를 했다. 그리고 응급실로 향했다. 어릴 적 오토바이 사고로 응급실에 가 본 이후 처음이었다.

그때는 쓰러져도 방송국에서 쓰러지고 싶었다. 물론 쓰러지기 전에 하루를 쉬면서 건강을 되찾는 것이 훨씬 현명한 일이란 걸 알지만 내게 방송은 고통도 참고 싶게 만드는 마약 같은 것이었다. 많은 사람과의 약속이기도 한 방송이 내 몸보다 더 중요했던 것이다. 젊은 혈기로 나는 무모했고, 때로는 그 무모함이 감당할 수 없는 용기로 이어지기도 했다. 조금만 생각하면 더 현명하게 처리할 수 있음에도 거침없이 역주행을 감행하는 스무 살 청년처럼 방송을 향한 내 열정은 뜨거웠다.

이런 내 성격을 아시는 부모님께서는 특히 걱정을 많이 하셨다. 평상시 내 방송에 대해 이렇다 저렇다 말씀하시는 분들이 아닌데 어느 날은 근심 어린 표정으로 얘기하셨다.

"민정아, 그 범인 잡는 방송, 공개 수배인가 그거 안한다고 하면 안 되니? 혹시나 그 범인들이 너를 해코지라도 할까 봐 걱정이 돼서."

매주 목요일마다 방송됐던 〈특명 공개수배〉에서는 살인부터 절도까지 다양한 사건들을 소개하며 용의자를 공개 수배했다. 생방송으로 진행되었기에 상황은 순간순간 긴박하게 돌아갔다. 실제로 스튜디오에는 시청자들의 제보를 받기 위해 전화 요원들이 있었고 그 사이사이로 담당 형사들이 제보의 진위를 가리기 위해 스튜디오를 분주히 돌아다녔다. 나는 사건을 소개하면서 용의자의 특징과 제보를 보내 달라는 멘트를 수도 없이 했다. 그 영향으로 난 검사의 이미지를 갖게 되었고 그와 동시에 내 안위를 걱정하는 주변 사람들이 점점 늘어갔다.

희망, 그것이 주는 행복과 기쁨을 누구보다 더 잘 알고 있다.

"민정아, 너 안 무서워?"

"너 심야 음악 방송 때문에 새벽 2시 퇴근인데 괜찮겠어? 살살 해."

처음엔 내가 그 프로그램에 잘 녹아들어 가고 있는 것 같아 그저 신나기만 했지 무섭다는 생각은 일절 없었다. 하지만 사건 현장에서 리포팅을 해야 하는 일이 많아질수록, 방송에 대한 시청자들의 반응이 뜨거울수록 두려움은 점점 커졌다. 특히 큰 원한 관계 없이 일어난 살인 사건이나 납치 사건 현장에 다녀온 이후에는 한동안 꿈자리도 뒤숭숭해서 밤이건 낮이건 절대 혼자 있으려 하지 않았다. 혹시 자신의 얼굴을 공개 수배한 나를 납치해 가지는 않을까, 영화 속 이야기처럼 내게 끔찍한 일이 생기지는 않을까 하면서 말이다.

아파트 6층에 살던 나는 열대야가 기승을 부리는 한여름에도 모든 창문을 꼭꼭 닫아 놓은 채로 잤다. 심지어 한밤중에 들리는 이웃집 발자국 소리에도, "탁" 하고 사물에서 나는 작은 소리에도 놀란 토끼처럼 벌떡 일어나곤 했다.

이처럼 난 주위 사람들이 걱정하는 것처럼 신변이 걱정됐고 두렵기까지 했다. 하지만 방송 현장에서 스태프들에게는 절대 그런 내색을 할 수 없었다. 그 방송은 더 이상의 피해자가 생기는 것을 막기 위한 모두의 것이기 때문이었다.

내게 방송은 빠져나올 수 없는 마력을 지닌 그 무엇이다. 몸을 돌보지 않게 하고, 두려움이나 고통 따위는 견딜 수 있게 하는 존재 말이다. 그만큼 방송이 내게 준 선물이 많았기 때문이다. 내가 하는 라디오 방송을 들으며 고3 생활을 잘 견뎌 대학에 합격했다는 학생, 용기를 내 사랑 고백을 하라는 말을 듣고 그대로 해 결국 결혼에 골인했다는 청취자는 공중에 흩어져 버릴 수 있었던 내 말을 빛나는 보석으로 만들어 주었다. 또 나와의 만남만으로도 뛸 듯이 기뻐하던 칭다오에서의 한국 유학생들, 야외촬영 중에 반갑다며 내 손을 덥석 잡으시던 시민들을 만날 때면 사람들과 소통하고 있다는 생각에 오히려 내가 더 기뻤으니까.

고도가 높아 날씨를 예측할 수 없는 원난성 신비의 산인 메이리梅里 설산. 이 산을 카메라에 담기 위해 먼 길을 온 사진작가도 마찬가지였을 것이다. 찰나의 아름다움을 카메라에 담기 위해 무거운 가방을 이고 지고 먼 길을 왔을 것이다. 때론 종일 기다려도 구름이 걷히지 않아 원하는 사진을 얻지 못할 때도 있을 테고, 한 장의 사진을 위해 버려야 하는 사진들이 더 많을 때도 있을 것이다. 하지만 그는 분명 행복할 것이다. 그것이 주는 행복과 기쁨을 누구보다도 더 잘 알고 있기 때문이다.

난 오늘도 감사하는 마음으로 하루를 보낸다. 무언가에 빠질 수 있어서, 무언가를 찾을 수 있어서, 소녀처럼 꿈꿀 수 있어서.

서울에서 시원한 밤공기를 맞고 싶을 때면 우린 집 앞 공원을 거닐며 그날 하루 있었던 일에 대해 끝없이 이야기보따리를 풀었다. 까만 밤하늘은 우리 둘을 은밀하게 숨겨 주었고, 선선하게 불어오는 저녁 바람을 쐬면 낮 동안 쌓였던 스트레스가 날아가는 듯했다. 운동복 차림으로 빠른 걸음을 걷는 사람들의 생동감 넘치는 모습, 편안한 자세로 이야기꽃을 피우는 주부들의 모습은 낮엔 느낄 수 없었던 평온함을 안겨 주었다. 어스름한 골목 어귀엔 다양한 색깔과 눈빛을 지닌 고양이들이 모습을 드러냈다.

바다 건너 칭다오에서도 고양이들을 만날 수 있었다. 기숙

자유로운
영혼이고 싶었다.

사를 나서자마자 항상 만났던 한 녀석은 하얀 털이 보송보송하게 나 있었다. 유학생들에게 사랑을 많이 받는 녀석이었다. 추우나 더우나 항상 그 자리에서 사람들을 반기곤 했다.

가족도, 친구도 없는 타지 생활이 외로웠을 유학생들은 고양이에게 먹이를 주며 정을 나누었고, 녀석은 마치 강아지처럼 사람이 나타나기만 하면 어딘가에서 불쑥 나타나 자신을 쓰다듬어 주는 사람들의 손길을 즐겼다. 하지만 어떤 녀석은 정신없이 쓰레기통을 뒤지다가도 사람들의 발자국 소리가 들리면 꼬리를 곧추세우며 경계했다. 사람들이 다니지 않는 담장 밑에는 먹이를 구하러 간 어미를 기다리는 서너 마리의 새끼 고양이들이 뒤엉켜 있기도 했고, 마치 아이를 등교시키는 엄마처럼 학생들이 많이 지나다니는 교정 한복판에서 새끼들을 대동해 일렬로 활보하는 고양이 모자도 있었다.

다양한 고양이들의 모습은 꼭 인간을 보는 듯했다. 자신의 자리를 지키기 위해, 자신의 이익을 위해 상식 따위는 거리낌 없이 버리는 사람들. 그들은 상식을 지키려는 이들의 판단과 행동을 가치 없는 것으로 만들어 버리곤 했다. 검은색이 흰색이 되기는 무척 힘들지만 흰색이 검은색이 되는 건 쉬운 일이었다.

학생 때도, 직장인일 때도 마찬가지였다. 어느 사회나 셋 이상의 사람들이 있는 곳엔 꼭 이런 이들이 있다. 그들은 개인

보다 모두의 이익을 위해 행동하는 사람들을 두고 어리석다며 비웃었다.

반면 이 기준에 휘둘리지 않고 자신의 행복을 누리는 이들이 있다. 자신이 한 요리를 맛있게 먹는 가족을 보며 행복을 느낀다는 사람, 작은 전셋집이지만 두 부부가 함께 밥을 지어 먹을 수 있는 곳이 있어 행복하다는 이들처럼 작은 것에서 큰 기쁨을 찾는 사람들 말이다. 특히 돈과는 거리가 먼 예술에 몸담고 있는 이들은 자신들이 하는 일이 대중적이지 않다는 걸 알면서도 꿈을 꺾지 않고 그야말로 예술 같은 삶을 살아간다. 이런 이들은 무미건조해질 수 있는 내 생활까지도 향기롭게 만들곤 했다.

고양이는 결코 자신의 마음을 쉽게 열지 않는다. 그저 있는 듯 없는 듯 자기 생활을 누린다. 그러다가도 간혹 마음이 내키면 주인의 무릎 위로 폴짝 올라가 한없이 부드러운 자신의 털을 비빈다. 오늘 하루 주인에게 살갑게 다가갔다고 해서 내일도 그럴 거라는 보장은 없다. 아무리 주인이라 해도 쉽게 자신의 모든 것을 주지 않는다. 보송보송한 털 속에 숨겨 둔 날카로운 발톱은 그래서 존재한다.

고등학교 시절, 친하다고 생각했던 아이들이 나의 또 다른 친구를 별 이유 없이 괴롭히는 걸 보면서, 항상 내 편이 되어 바람처럼 햇살처럼 무엇에도 매이지 않는….

주겠다고 입버릇처럼 말하다가도 정작 내가 어려운 일에 처했을 땐 등을 돌리는 사람들을 보면서 내 마음은 점점 닫혀 갔다. 지금도 난 사람들에게 쉽게 다가서지 못한다. 누군가에게 상처 받는 일을 다시는 하고 싶지 않기 때문이다. 그래서일까, 사람들은 내 첫인상을 차갑고 다가가기 어렵다고 말한다. 마치 고양이처럼.

아직 찬바람이 몸 구석구석을 파고들던 때였다. 칭다오에는 사시사철 바닷바람이 불어 여름엔 그늘 아래에만 있어도 시원했다. 하지만 겨울에는 실제보다 체감온도가 훨씬 낮아 얼굴에 주근깨가 생기는 것도 잊은 채 햇빛 있는 쪽을 찾아 걷곤 했다. 그날도 햇볕이 내리쬐는 벤치에서 혼자만의 일광욕을 즐기고 있었다. 그런데 햇빛을 받아 반짝이는 대리석 위에 하얀 물체가 바람의 리듬에 맞춰 움직이는 것이었다. 시력이 별로 좋지 않은 난 가까이 다가갔고 곧 그 정체를 알게 됐다. 하늘을 이불 삼아 낮잠을 청하고 있는 고양이였다.

녀석에게 태양에 따뜻하게 달궈진 대리석은 추운 겨울 두 발을 녹여 주는 온돌방이었고, 바다에서 불어오는 시원한 바람은 외할머니가 부쳐 주시던 부채 바람처럼 느껴졌나 보다. 사람처럼 큰 대자로 누워 있는 녀석의 모습이 마치 말썽꾸러기 막냇동생 같아 웃음이 절로 났다.

'여기가 자기 집 안방인 줄 아나?'

한참을 쳐다보고 있는데 지나가던 학생들도 신기했는지 하나둘 모여들어 사진을 찍으며 킥킥댔다. 하지만 그 녀석은 사람들의 시선이 전혀 느껴지지 않는지 몸을 뒹굴뒹굴하며 달콤한 잠에서 빠져나올 생각을 하지 않았다. 자기만의 따뜻한 집이 있고 때가 되면 주인이 차려 주는 고양이 전용 음식보다, 다양한 길거리 음식들을 먹고, 발길 닿는 곳에서 잠을 청하는 생활이 더 행복한 듯 보였다. 고양이에게는 온 세상이 자기 집이었다.

나도 한곳에 머물러 있는 것을 참 힘들어 한다. 약속이 없는 주말, 남들은 한없이 게으름을 즐기며 집에서 여유 있는 시간을 보내지만 난 아무 일이 없음을 견디지 못할 뿐 아니라 잠시라도 바깥공기를 쐬지 않으면 물이 부족한 식물처럼 시들시들 병들곤 한다. 그래서 몸이 아플 땐 오히려 외출을 해야 나았고, 약속이 없을 땐 우유라도 사러 나가야지 그렇지 않으면 소화불량에 두통까지 겹치며 컨디션이 바닥을 쳤다. 그래서인지 여행을 무척이나 좋아해 우리나라 방방곡곡, 세계 곳곳을 많이도 다녔다. 나를 잘 알고 계신 엄마는 딸이 일반 회사원이 아닌 것을 다행이라 생각하셨고, 방랑 생활을 이해해 주는 사람을 배우자로 만난 것도 다행이라 여기셨다.

어딘가에 묶여 있는 게 싫다. 한곳에만 머물러 있는 생활은 답답하고 내 자신이 고인 물이 되어 가는 것 같아 견딜 수가 없다. 따뜻한 온실 속 생활보다는 시원한 바깥이 더 좋다. 그래서 답답한 스튜디오에 앉아 카메라와 방송하는 것보다는 음악회 진행처럼 객석의 사람들과 눈을 마주칠 수 있는 현장 속에서의 방송이 날 더 흥분하게 만들었다.

내가 고양이를 닮은 건지, 닮아 가고 있는 건지, 닮고 싶은 건지 잘 모르겠다. 하지만 분명한 건 세상을 내 집 삼아, 바람과 햇살을 벗 삼아 어디에도 묶여 있지 않는 저 고양이처럼 사랑하며 살고 싶다는 것이다.

상그릴라는
거기 없었다

"사람들이 날 언제까지 기억해 줄까?"

"20년? 30년?"

"치, 난 아나운서로서 재능이 뛰어나지 않아. 길어야 3,4
년?"

"왜! 내 생각엔 당신이야말로 장수하는 아나운서가 될 것 같
은데."

"어휴, 역시 남편밖에 없다! 그런 의미에서 우리 소주 한 병
만 더 마시자."

"오늘은 그만 마셔. 벌써 새벽 3시가 넘었어. 이 집도 문 닫
아야지."

"그런가? 하아, 취하고 싶은데 취하지는 않고 주책없이 눈

물만 나오네. 술이 눈물이 됐나…."

1년에 봄가을 두 번 시행되는 개편은 내 신경을 극도로 예민하게 만들었다. 휴대전화로 흘러나오는 프로듀서, 기자의 말 한 마디는 천국과 지옥의 맛을 선사하곤 했다. 평소 친하게 지내던 동료들도 이때는 모두 경쟁자가 되었다. 인기 있는 프로그램을 호시탐탐 노리는 사람들, 자신이 맡고 있는 진행자 자리를 내주지 않으려 마음 졸이는 사람들, 누군가의 통화 내용마저도 마음대로 분석하는 사람들…. 모두가 진행자 선정 여부에 촉각이 바짝 곤두서 있었다. 그러다 보니 사무실은 물론 복도나 분장실, 심지어는 화장실에서도 누군가 듣고 있지는 않는지 주변을 살피며 대화를 나누어야 했다.

나에게도 입사 초기 천국의 달콤함으로 가득 채워져 있던 때가 있었다. 할 수 없는 방송보다 할 수 있는 방송이 더 많았고, 찾아가기보다는 찾아오는 사람들이 더 많았으니까. 하지만 시간이 흐를수록 그 달콤함은 사라져 갔고 지옥의 쓰디쓴 맛은 꾸역꾸역 내 안으로 들어와 자꾸만 괴롭혔다. 처음 몇 번은 가볍게 털고 일어났다. 하지만 횟수가 늘어날수록 자책감은 한숨으로 빠져나갔고 빈자리를 알코올로 채우는 날이 늘어갔다.

사람들은 경쟁력을 키우면 되지 않느냐고 쉽게 말한다. 하

지만 분명한 건 방송계에서 가장 큰 경쟁력은 바로 젊음이라
는 것이다. 진행 솜씨가 조금 떨어져도, 전문 지식이 조금 부
족해도 젊음은 그 모든 것을 뛰어넘고도 남았다. 서른 초반이
었을 때 나는 젊음이 그립고, 젊음이 부럽고, 젊음을 갖고 싶
다고 어울리지 않는 욕심을 말했다. 이상해도 보통 이상한 게
아니었다. 게다가 어떤 아나운서가 되겠다는 구체적인 방향을
잡지 못한 채 그저 아나운서가 됐다는 사실에만 도취되어 카
메라 앞에 섰던 난 등대를 보지 못한 배처럼 갈피를 잡지 못했
다. 바닷길을 찾느라 너무 많은 연료를 소비한 나머지 그저 바
다에 둥둥 떠 있는 배처럼 붕 떠 있는 느낌만 가득했다.

그래서 떠났다. 6년차 아나운서라는, 시인의 아내라는, 딸
이자 며느리라는 모든 수식 어구는 떼어 내고 보통 사람들 틈
에 섞인 '나'를 한 발 뒤로 물러나 바라보고 싶었다. 울고 싶으
면 울고, 웃고 싶으면 웃을 수 있는 곳에서 내 감정을 자유롭
게 털어 내기를 바랐다. 비우지 않으면 채울 수 없으며 보지
않으면 알지 못한다는 지극히 당연한 얘기가 마음속에 커다란
회오리가 되어 몰아쳤다. 그 회오리가 작은 몸부림이 아닌 거
대한 파도를 만들 수 있도록 도와준 건 그 사람이었다. 한국
어를 잘 구사해야 하는 아나운서에게 외국에서의 경험이 무슨
큰 영향이 있겠느냐며 해외여행조차도 달가워하지 않던 사람

이었는데 그땐 달랐다. 그 누구보다 날 가까이에서 지켜봤던 그는 그때야말로 내가 떠나야 할 시기라며 오히려 1년 후 다시 방송을 할 수 있을지 걱정하던 내게 길게 내다보라며 용기를 주었다.

중국에서 새로운 삶을 시작하면서 계획한 첫 번째 도전은 샹그릴라香格里拉를 찾아가는 여행이었다. 유토피아처럼 이상향을 뜻하는 샹그릴라, 제임스 힐턴의 〈잃어버린 지평선〉에서 천국처럼 묘사되어 있는 샹그릴라 말이다. 산봉우리는 은은한 달빛 속에서 찬란하게 빛나고, 사원은 꽃잎처럼 아름답고, 사람들은 시기나 질투와는 거리가 먼 웃음을 머금고 있는 곳. 이곳이라면 나를 내가 만든 감옥 안에서 벗어나게 할 수 있을 것 같았다.

샹그릴라는 해발 3,300미터 고지에 있었다. 백두산보다 더 높은 곳에 사람이 살고 있는 것이다. 이처럼 지대가 높다 보니 자연히 공기 중 산소 함량이 부족하고, 우리처럼 평생을 산 아래에서 살아온 사람들은 이런 환경에 적응하지 못해 심한 두통과 구토, 호흡곤란 등 고산병에 시달리곤 한다. 그래서 우리는 고도를 조금씩 높여 가며 적응 훈련을 하는 산악인들처럼 조금씩 하늘을 향해 걸음을 옮겼다. 아무리 급한 일이 있어도 뛰지 않았고, 심한 피로를 느낄 만큼 무리하게 일정을 짜지도 샹그릴라는 내 안에 있었다.
아주 느리고 소박하게 내게 다가왔다.

않았다. 하지만 체력이 좋은 사람도 어쩔 수 없다던 고산병은 우리를 피해 가지 않았다. 밤새 식은땀을 얼마나 많이 흘렸는지 침대 시트가 땀으로 흥건하게 젖기도 했고, 숙소에서 식당까지 5분이면 갈 수 있는 거리인데도 너무 힘들어 식사를 거르기도 했다. 이렇듯 난생처음 겪어 보는 산소의 희박함에 우리는 번갈아 가며 몸져누워야 했고, 여행 일정도 점점 늦춰졌다. 하지만 이런 것들이 샹그릴라를 향한 우리의 마음까지 꺾지는 못했다.

결국 여행을 시작한 지 한 달이 다 되어서야 샹그릴라에 도착했다. 그런데 이상하게도 벅찬 감동 대신 '여기가 샹그릴라 맞나?' 하는 의문이 들었다. 모든 것이 내가 상상했던 것과는 거리가 멀었기 때문이다. 책 속에 나오는 병풍처럼 둘러친 산은 온데간데없고 저 멀리 나지막한 산들만 보였다. 자동차나 전기와 같은 문명의 이기 없이도 풍족하게 살고 있을 거라 생각했는데 곳곳에서 여행객을 호객하는 운전기사들이 들끓었다. 꽃잎처럼 박혀 있다던 사원은커녕 한쪽 어깨를 드러낸 라마승의 모습도 보이지 않았다. 그저 멍한 기분이었다.

"도대체 샹그릴라는 어디에 있는 거지?"

"괜히 왔나 봐. 몸은 몸대로 힘들고 기대는 기대대로 무너지고."

"여기가 끝이 아니잖아. 여기서 1박 2일 정도 더 가면 위빵

째 마을이 있는데 거기는 뭔가 다르지 않을까?"

이렇게 그 사람은 내가 포기하려 할 때마다 다시 한 번 일어 날 수 있도록 도와주곤 했다. 아나운서 시험에 떨어져 다 그만 두고 싶었을 때 다시 도전할 수 있도록 도와줬던 것처럼 말이 다. 이후 내 안에서는 나만의 샹그릴라를 찾고야 말겠다는 오 기가 일어나기 시작했다. 이곳은 단지 이름만 샹그릴라일 뿐 〈잃어버린 지평선〉에 나오는 그 샹그릴라는 아직 찾지 못한 것이라고. 그렇다면 내 여행도 여기서 끝낼 수만은 없다고 스 스로를 다그치면서 말이다.

결국 우리는 고산지대에 적응하며 위빵 마을까지 가기로 결 정했다. 그곳은 샹그릴라에서 승합차를 타고 6시간, 다음 날 아침 일찍 일어나 2시간 반 정도 더 이동한 후, 올라가고 내려 오는 데 6시간에서 7시간은 걸린다는 산을 하나 넘어야 도착 할 수 있는 곳이었다. 우리는 샹그릴라에서 위빵으로 향하는 한국인 두 사람과 여정에 나섰다.

지난 한 달 동안 지칠 대로 지친 몸을 이끌고 더 이상 움직 이고 싶지는 않았다. 그러나 샹그릴라일지도 모르는 곳을 앞 에 두고 포기할 수도 없었다. 결국 우린 서로를 지팡이 삼아 다시 몸을 일으켰고 1박 2일 동안 쉬지 않고 이동했다. 그렇 게 해서 도착한 위빵 마을의 첫 느낌은 지금도 생생하다.

"… 어?"

"와아….."

"히히… 왜 그래?"

"여기다….."

우리와 함께 이곳까지 온 일행 모두는 마법에 걸린 사람들처럼 그 자리에 멈춰 섰고 열린 입은 닫힐 줄을 몰랐다. 제임스 힐턴이 책 속에 묘사한 것은 실제 모습의 반도 표현하지 못한 것이라는 생각이 들 정도였다. 신성한 메이리 설산은 마을을 포근히 감싸고 있었고, 말과 돼지들은 너른 초원에서 자유롭게 풀을 뜯고 있었다. 점점이 박혀 있는 집들은 풀밭에 떨어진 벚꽃 같았고, 알록달록한 전통 의상을 입은 소수민족들의 모습은 다른 세상에 와 있는 듯한 느낌을 심어 주었다. 노새와 말을 이용하지 않으면 물건을 운송할 방법이 전혀 없는 진정한 차마고도, 진짜 샹그릴라에 온 것이다. 우리는 통나무로 된 여인숙에 짐을 풀고 누가 먼저랄 것도 없이 각자 상념에 빠져들었다. 누구는 입에 담배를 문 채, 누구는 마당 한복판에 의자를 갖다 놓고 눈을 감은 채, 누구는 달콤한 인스턴트커피를 손에 든 채 말이다.

샹그릴라에 가겠다는 결심을 한 이후부터 사람들과 부딪치며 이곳에 도착하기까지의 여정이 머릿속을 스쳐 지나갔다. 그 여정은 아나운서로 살아온 지난날과 크게 다르지 않았다.

난 샹그릴라에 가기 위해서 새벽까지 자료를 조사하고 정리하는 일이 전혀 힘들지 않았다.

처음 해 보는 배낭여행이라 몸과 마음이 지치기도 했지만 힘든 일들은 매일 떠오르는 아침 햇살을 맞으면서 깨끗이 날려 버리곤 했다. 샹그릴라를 볼 수 있다는 꿈 때문이었다. 내게 아나운서 시험이 그랬다. 친구들은 물론 부모님조차도 내가 아나운서가 될 수 있을 거라 믿지 않았지만 난 아나운서가 되기 위한 노력을 게을리하지 않았다. 내 주위엔 방송과 관련된 일을 하는 사람이 단 한 사람도 없어 시험 준비하는 것도 만만치 않았고, 백수로 지내야 했던 1년의 시간이 까마득하게 느껴져 서럽게 울기도 많이 했다. 그러나 아나운서가 됐을 때의 내 모습을 상상하며 하루하루를 버텨 내곤 했다. 그렇게 해서 난 정말 아나운서가 됐고 드디어 내가 꿈을 이뤄 냈다는 생각에 세상을 다 얻은 듯했다.

하지만 그 행복은 영원하지 않았다. 샹그릴라라는 이름의 도시에 도착했을 때 기대에 못 미치는 풍경에 실망했던 것과 마찬가지였다. 매일 반복되는 아나운서 생활에 허무함을 느끼기 시작한 것이다. 난 왜 아나운서가 됐을까, 어떤 아나운서가 되려고 이 힘든 생활을 견뎌 내고 있는 걸까. 아주 원초적인 질문들이 커다란 물음표가 되어 내 안을 가득 채웠다. 그렇게 나의 지향점과 가치관이 흔들리자 사람들의 작은 말 한마디에 나는 누구인가.

아무도 흉내 낼 수 없는 나만의 색을
갖고 싶었다.

도 쉽게 상처 받았고 이리저리 휩쓸렸다.

이런 질문들은 아나운서라는 직업에만 국한되지는 않았다. 30대가 되면 특별한 내 이름 석 자를 새길 수 있을 거라 생각했는데 거울 속의 나는 미래에 대한 목표나 구체적인 그림 없이 달려오기만 했지 아무도 흉내 낼 수 없는 나만의 색깔을 갖지 못했다. 사랑하는 사람과 결혼만 할 수 있다면 동화 속 왕자, 공주처럼 "행복하게 오래오래 살았습니다"로 마침표를 찍을 수 있을 줄 알았는데 현실에서의 결혼은 또 다른 출발선이었다.

그래서 난 나를 찾기 위해서 떠났다. 편안한 생활에 안주하지 않고 끊임없이 나를 다그쳐 내 마음의 그릇을 키우기 위해서, 고산병으로 많이 힘들었음에도 불구하고 다시 한 번 발걸음을 옮겼다. 샹그릴라로의 여행은 버림의 연속이었다. 돈, 방송, 명성, 그 모든 것을 버리지 않고선 한국 땅을 떠나지도 못했을 테니까.

여행을 하면서도 편안한 호텔 대신 삐걱거리는 대나무 침대에서 새우잠을 청해야 했고, 편안한 승용차 대신 다리를 제대로 펼 수도 없는 작은 승합차를 타고 반나절을 꼬박 달려야 했다. 둘 중 한 사람이 고산병으로 몸져누웠을 땐 다음 장소로 이동해야 한다는 욕심도 버려야 했다. 그렇게 해서 도착한 위뺑 마을, 진짜 샹그릴라는 한눈에 다 들어오지 않을 만큼 넓고 깊은 풍경으로 상상 이상의 아름다움을 선사했다. 뿐만 아니라 이런저런 욕심들을 담느라 더러워지고 흠집 난 마음의 그릇까지도 깨끗하게 씻어 주었다. 버리는 것이 오히려 더 많은 걸 얻기 위한 과정이란 것을 그때야, 버리고 나서야 깨달았다.

너도 참
쓸쓸했구나

        중국으로 떠난 후 가장 먼저 여행 가방을
풀었던 곳은 약 천 년 동안 중국의 수도였던 장안長安이라는 옛
이름을 가진 시안西安이었다. 삶과 죽음을 열 번은 거듭해야 마
주할 수 있는 천 년이라는 시간을 살아 낸 그 도시에는 뭔가
특별한 게 있지 않을까 하는 막연한 생각이 들었다. 뿔뿔이 흩
어져 있던 전국시대의 나라들을 최초로 통일한 진시황제의 무
덤은 어떤 모습일지, 2천 년 전에 만들어진 병마용의 위용은
어떨지 직접 눈으로 확인해 보고 싶었다.

    우리가 진시황릉과 병마용을 보기로 한 날은 아침부터 비
가 추적추적 내렸다. 사실 가기 전엔 시안이야말로 고대 도시

로서의 면모를 고스란히 간직하고 있을 거란 순진한 기대감을

갖고 있었다. 그런데 막상 도착해 보니 매연으로 가득 찬 뿌연 하늘과 분지 기후 특유의 후텁지근한 날씨는 실망감을 배로 안겨 줬다. 그런데다 비까지 내리니 기분마저 축축 처졌다. 덜 컹거리는 버스 안에서 아침으로 간단한 딤섬 몇 개를 순식간에 해치운 뒤, 가라앉은 기분을 끌어올리기 위해 사진으로만 보던 병마용을 실제로 마주하면 너무 신기할 것 같다는 둥 신나게 떠들었다.

여러 박물관을 살펴본 후 마지막 순서로 수천 개의 병마용이 있는 병마용갱에 도착했다. 드디어 사진 속에서만 보던 병마용을 볼 수 있게 되겠구나 하는 생각에 마음은 이미 갱 안에 들어가 있었다. 세계문화유산이라는 이름에 걸맞게 세계 각국에서 온 외국인들의 모습이 눈에 많이 띄었다. 빨강, 노랑 깃발 아래 단체 관광을 하고 있는 중국인들도 많이 보였다. 갱의 규모는 탄성이 저절로 나올 만큼 어마어마했다. 사람 크기만한 병마용들이 일사불란하게 대열을 갖추고 있는가 하면, 병마용들이 이곳저곳 부서지고 깨져 세월의 흔적을 간직하고 있는 곳도 있었다. 어떤 곳은 아직 발굴이 완전히 이루어지지 않아 천으로 덮여 있기도 했고, 어떤 곳은 병마용 하나 없이 휑하니 비어 있기도 했다.

그런데 갑자기 어디선가 바람이 쌩하고 들어왔는지 내 마음에 한기가 가득 들어차는 듯했다. 병마용을 보면 볼수록 단순한 문화유산으로 느껴지는 것이 아니라 이 엄청난 것들을 만들어 낸 공인들의 힘겨웠을 삶이 마음속에 무겁게 자리 잡기 시작했다.

우리가 살아가야 할, 살아 내야 할 삶은 누군가의 한과 피눈물로 이루어져서는 안 될 일이다. 땀과 정성으로 이루어진 것들을 후대에게 남기고 그것을 받은 세대는 또 다음 후대들이 본받을 만한 물질적, 정신적인 가치를 물려줘야 할 것이다. 하지만 이곳에선 누군가의 피울음 소리가 수천 년의 세월을 뚫고 땅을 울리고 있는 것만 같았다. 서로 다르게 생긴 병마용의 모습은 서로 다른 크기의 슬픔을 간직한 채 죽어 간 인부들의 모습이었고, 거대한 갱을 메우고 있는 눅눅한 공기는 기약 없는 기다림 속에서 흘렸을 그 가족들의 한과 눈물처럼 느껴졌다.

전쟁 전戰에 나라 국國 자를 써서 전국시대이니 당시 얼마나 많은 전쟁으로 사람들이 무의미하게 목숨을 잃었을지는 쉽게 짐작할 수 있다. 그렇게 서로가 죽고 죽이는 가운데 진秦나라로의 통일은 백성들에게 분명 더 이상의 전쟁을 하지 않는다는 평화의 의미로 다가왔을 것이다. 하지만 나라의 이름만 바뀌었을 뿐 백성들은 자신들의 삶을 또다시 황제를 위하는 일에 바쳐야만 했다.

이민족의 침입을 막겠다는 이유로 시작된 만리장성은 실제

외롭다. 누구나… 예측할 수 있는….

로 방어의 역할을 하기도 했지만, 만드는 과정에서 희생된 수
많은 백성들은 죽어서도 가족 곁에 돌아가지 못했다. 제대로
먹지 못해 굶어 죽거나 무거운 돌에 깔려 죽는 일도 허다했
다. 병마용을 만드는 과정도 크게 다르지 않았다. 손재주가 있
는 죄수들을 모아 다 완성하면 석방시켜 줄 거라고 했지만 그
건 감언이설이었다. 진시황릉의 내부 구조가 밖으로 새어 나
갈 수 있기에 참여한 사람 모두를 죽이겠다는 계획하에 공사
가 진행되었으니 말이다. 병마용과 진시황릉이 완성되는 날이
자신의 기일이 될 것이라는 사실을 그들만 몰랐던 것이다.

그런데 아이러니하게도 사람들은 억울하게 죽어 간 영혼들
의 넋을 생각하기는커녕 그 희생을 주도한 왕을 대단하다고
칭송한다. 지금도 세계 도처에서 평화라는 명목 하에 전쟁을
벌이고 핵무기 개발을 하는 것과 다르지 않아 보였다. 단지 병
마용의 거대함이 궁금해서 온 발걸음이었는데 나도 모르게 흥
분이 되었고 이곳에 온 수많은 외국 관광객들은 과연 어떤 생
각을 갖고 있을지 자못 궁금해지기도 했다.

나는 수천 년 전에 억울하게 죽어 간 그들을 생각하며 조금
은 경건한 마음으로 갱 안을 둘러보았다. 그러다 유리관 안에
전시된 병마용과 그 주위를 둘러싼 인파, 그리고 연방 터지는
플래시 세례를 보게 되었다. 나도 인파에 몸을 맡기고 들여다
봤다. 병마용과 눈을 맞춰 보기도 하고 그 옆에서 같이 사진도

찍으며 한참을 서성였다. 그러다 다음 전시실로 가기 위해 그 병마용 뒤로 돌아 나가는 길에 나도 모르게 발걸음을 멈추고 말았다. 내 눈에 들어온 것은 위엄 있던 앞모습과는 다르게 한 없이 쓸쓸한 병마용의 뒷모습이었다. 난 발걸음을 거슬러 병 마용에게 다가갔다. 그리고 속으로 생각했다.

'너도 참 많이 쓸쓸하구나. 나도 그랬는데….'

유리관 속 병마용도 내게 말을 걸어 왔다.

'그렇구나. 많은 사람들은 날 보는 걸 참 좋아해. 때론 무안 할 만큼 빤히 쳐다보기도 하지. 내가 무슨 연예인이라도 되는 것처럼 엄청나게 사진을 찍어 대지. 물론 사람들이 날 좋아하 는 것이 행복한 일이라는 걸 알아. 하지만 갇혀 있다는 생각이 드는 건 왜일까? 내가 뭘 좋아하고 어떻게 살아가고 싶은지 알기는 할까? 주위에 사람들은 많지만 내 감정의 호수는 갈수 록 말라 가고 있는 것 같아.'

'꼭 네 피부처럼 말이지?'

'그래. 수천 년 동안 저 깊은 땅 밑에서 너무 힘들었어. 사람 들은 날 이렇게 만든 그 왕을 대단하다 말하지만 난 용서할 수 가 없거든. 죽어서도 가족들 곁에 갈 수 없는 내 자신이 너무 초라하고 원망스러웠어. 내 자신보다 더 소중하게 여겼던 그녀 는 어떻게 살고 있는지, 내가 집에 들어오기 전엔 식사도 하지 않고 기다리던 어머니는 편찮으시진 않는지 아무것도 알 수가 없었어, 아무것도…. 날 보러 오는 사람들은 그저 겉모습에만 열광하지. 내 말도 좀 들어 줬으면 좋겠는데, 내가 앞으로 살고 싶은 세상은 어떤 곳인지 얘기했으면 좋겠는데 말이야.'

'우린 참 많이 닮았구나. 어쩌면 네가 날 여기까지 부른 건 아닐까?'

난 유리관에 가만히 손을 얹고 깊은 숨을 들이쉬었다. 날 향한 플래시가 터지지 않을 때면 모두 내 곁을 떠날까 봐 초조했고, 날 향한 플래시가 너무 많이 터질 때면 불이 꺼진 후의 공허함 때문에 초조했다. 내 사람이라 여겼던 이들이 내 말을 믿어 주지 않을 때면 한없이 외로웠고, 나라는 사람보다 아나운서라는 명패만을 바라보는 이들에게 서운함이 가득했다. 유리관 속의 병마용은 또 다른 나였다.

난 다시 유리관에 손을 얹었다.

'속상하고 힘든 일도 많겠지만 그래도 역시 넌 멋져. 카메라로 네 모습을 담고 싶고, 한번 만져 보고 싶고, 옆에 서 보고 싶게 만들 만큼.'

따스한 바람과 함께 터지는 꽃망울들처럼 내 마음도, 이곳에 묻힌 영혼들도 활짝 피어나기를….

어둠이 두려운 건
믿지 못하기 때문이다

예상할 수 없는 어둠은 우리를 두려움 속에 가둬 버린다. 머릿속에선 온갖 상상력이 총동원되고, 감지하지 않아도 될 것들까지 우리의 오감은 민감하게 잡아낸다. 라오스의 방비엥에서 난 먹물을 쏟아부은 듯 내 마음 깊은 곳까지 시커멓게 만들던 어둠을 만났다.

방비엥에 있는 푸캄 동굴은 자연의 모습을 그대로 간직하고 있었다. 동굴 입구에는 진한 에메랄드 빛 연못이 산과 어우러지면서 동화 속 한 장면을 연출하고 있었다. 물가에는 다이빙을 하며 수영을 즐기는 서양 사람들과 새카맣게 탄 현지 아이들의 시원한 웃음소리가 울려 퍼지고 있었다. 자동차 경적 소리, 휴대전화 벨 같은 기계음이 난무하는 도시와는 다르게 오로지 자연과 사람이 만들어 낸 소리만이 그 공간을 채우고 있었다.

동굴 안쪽에서도 자연의 심장은 여전히 힘차게 뛰고 있는 듯 본래의 모습 그대로였다. 아직 개발이라는 광풍이 몰아치지 않아서인지 다른 동굴에선 흔히 볼 수 있는 조명등이나 안내 표지판 따위는 존재하지 않았다. 그저 머리에 쓸 수 있는 헤드라이트를 하나씩 나눠 줄 뿐이었다. 유명 관광지에 가면 진정한 자연의 아름다움이 사라지고 사람과 기계에 의해 점령당한 모습만 남아 인상을 찌푸리곤 했는데 이 동굴은 그렇지 않았다. 힘없이 축 처진 모습으로 동물원에 갇힌 동물이 아니라 작은 소리에도 본능적으로 반응하는 야수와 같았다. 태어날 때부터 새장에 갇혀 나는 법을 모르는 새가 아닌 천리안으로 먹이를 낚아채는 장산곶매 같기도 했다. 나와 그 사람의 모든 감각은 동물처럼 민감해졌고 우리는 그렇게 진짜 자연 속으로 걸어 들어갔다.

바닥은 무척이나 미끄러워 한 걸음 한 걸음 발을 뗄 때마다 온몸에 힘이 잔뜩 들어갔다. 석회물이 떨어져 형성된 뾰족뾰족한 거대 종유석과 석순들은 동굴의 나이가 수억 년은 됐음을 보여 주고 있었다. 처음엔 길이 너무 좁아 몸을 이쪽저쪽으로 구부려 가며 바위틈을 통과해야 했다. 조명등도 없는 곳에 손잡이가 있을 리 없으니 우린 원시인처럼 뛰어내리고 기어오르면서 앞으로 나아갔다. 표지판도 없기 때문에 돌 틈으로 새어 드는 햇빛의 방향을 이정표 삼아 이동하는 수밖에 없었다.

그렇게 한참을 가고 있는데 갑자기 공기의 느낌이 달라지는 게 피부로 확 느껴졌다. 헤드라이트를 비춰 보니 마치 다른 세상인 것처럼 드넓은 공간이 눈앞에 펼쳐졌다. 그 옛날 원시인들이 부족을 이뤄 이곳에 불을 지피고 생활하지 않았을까 싶을 정도로 넓고 평평한 공간이었다. 마치 지금도 원시인들이 한가운데에 모닥불을 피워 놓고 한쪽에선 멧돼지를 굽고 한쪽에선 춤과 노래를 즐기며 축제를 하고 있는 것만 같았다.

"우리 헤드라이트 한번 꺼 볼까? 평평한 곳이라 넘어질 우려도 없고!"

그 사람이 말했다.

"여기서 지체하다가 앞에 가는 사람들 놓치면 어쩌려고."

"괜찮아. 빛만 따라가면 나갈 수 있어."

나는 별일 있을까 생각하며 갖고 있던 헤드라이트 불을 껐다. 그런데 갑자기 숨통이 죄어 오는 기분이 들었다. 숨이 제대로 쉬어지지 않았다. 온몸의 털이 바짝 곤두섰고, 조금도 움직일 수 없는 무언가에 갇힌 듯했다. 빛이 없어졌다고 해서 산소가 줄어드는 것도 아닌데, 갑자기 좁은 곳으로 공간 이동을 한 것도 아닌데 빛이 있고 없음은 엄청난 차이였다. 생애 그토

어둠,

　　그것은 믿지 못하기 때문에 더 큰 두려움이었다.

록 숨 막히는 어둠은 처음이었다. 동굴 특유의 시원한 바람은 등골을 서늘하게 했고, 일정하게 떨어지는 물소리는 공포 영화에 나오는 사운드처럼 두 귀를 긴장시켰다. 게다가 단 몇 초라도 그 사람의 목소리가 들리지 않으면 늑대 소년이나 제3세계의 누군가가 나타나 끌고 갈 것만 같아 긴장을 늦출 수가 없었다. 앞을 볼 수 없다는 것은 그렇게 끝없는 두려움을 확대재생산했다.

실패와 좌절을 경험해 본 사람이라면 한 번쯤 이런 두려움을 겪었을 것이다. 고등학교 시절 모든 걸 양보하고 희생하며 열심히 공부만 했는데 말도 안 되는 수능 시험 점수가 나왔을 때, 세상이 요구하는 스펙을 다 갖췄는데도 입사 시험에 계속 낙방했을 때, 가족보다도 더 믿었던 친구에게 배신당했을 때, 나 자신보다 더 사랑했던 그 사람이 이별을 얘기했을 때 마음 속 두려움은 걷잡을 수 없이 커진다. 채 20년도 살지 못한 학생이 왜 사는지 이유를 모르겠다며 울부짖고, 취업 준비생들은 세상을 자신의 틀에 맞춰 바꿀 생각은 하지도 않고 자신이 세상의 틀에 맞지 않음을 비관하기만 한다.

중국어로 '믿는다'는 말은 서로 상相자에 믿을 신信자를 쓰는 시앙신相信이다. 즉 믿음이란 일반적인 것이 아니라 서로 마음을 주고받아야 되는 것이다. 그럼에도 불구하고 많은 사람들은 배신을 당하거나 이별을 했을 때 자신을 돌아보기보다는 상대방을 탓하기에 급급하다. 혹은 모든 탓을 자신에게 돌리며 스스로를 못났다고 한탄한다. 세상이 내 뜻대로 되지 않는다며 스스로를 패배자로 만들어 버린다.

푸캄 동굴에서 어둠을 만났을 때 난 처음에는 무서웠다. 금방이라도 절벽으로 떨어질 것 같았고 두려운 마음도 쉬이 가시질 않았다. 한시라도 빨리 헤드라이트를 켜고 싶은 마음뿐이었다. 하지만 자신을 믿으라는 그 사람의 목소리는 내 마음에 꾸역꾸역 들어와 있던 두려움을 조금씩 사라지게 했고 바짝 굳어 있던 몸의 긴장을 풀어 주었다.

그때부터 난 그가 이끄는 대로 몸을 맡겼다. 얼마 지나지 않아 점점 내 안에 자신감이 꿈틀대기 시작했다. 단지 빛이 사라졌을 뿐 아무것도 달라진 건 없다는 생각이 들며 도움 없이도 혼자 걸을 수 있게 되었다. 난 두 눈의 감각은 모두 잊은 채 몸의 소리에 귀를 기울였고, 두려움의 대상이기만 했던 어둠과 친숙해지고자 노력했다. 그러자 등골을 오싹하게 했던 바람은 땀을 식혀 주는 산들바람이 되었고, 머리카락을 쭈뼛 서게 했던 물소리는 마음의 호수에 떨어지는 신성한 물방울로 느껴졌다. 내게서 두려움이 사라진 건 정말 한순간이었다.

우리는 살면서 얼마나 많은 것들을 믿고 있을까. 나 혹은 내아이가 스스로 꿈을 실현할 수 있을지 믿을 수 없기에 보험에 들기라도 하듯 좋은 학벌만을 향해 좇아간다. 이 세상에는 공부 잘하는 사람만 필요한 게 아닌데도 말이다. 그리고 내 마음을 다 주고 싶은 사람, 내가 행복하게 해 주고 싶은 사람보다는 나보다 더 좋은 조건을 갖춘 사람, 그래서 나를 행복하게 해 줄 수 있는 사람과 결혼하기를 바란다. 자신의 삶을 스스로 가꾸어 일구는 것보다 모든 걸 갖춘 누군가를 만나 얹혀사는 것이 마치 더 성공한 삶이라도 되는 것처럼 말이다.

하지만 거꾸로 생각해 보면 자신이 얼마나 이기적인 사람인지 알 수 있다. 나보다 좋은 조건의 사람을 만나 자신의 삶은 성공했을지 모르겠지만 상대방은 자신보다 좋지 못한 조건의 사람을 만났으니 실패한 삶이 되기 때문이다. 즉 남에게 피해를 입혀야 곧 자신이 이익을 보는 꼴이다.

어쩌면 이 모든 것이 믿지 못하기 때문은 아닐까. 내 아이를 믿지 못하고, 나의 사랑을 믿지 못하고, 상대방의 숨은 능력을 믿지 못하고…. 그러면서 불거지는 문제들은 부모 탓으로, 환경 탓으로, 사회 탓으로 돌리고 있는 건 아닐까. 아무것도 보이지 않기 때문에 두렵다면 눈을 감고 귀를 열고 손가락 끝의 신경에 집중해 보자. 어둠은 두려움이 아니라 그저 나를 둘러싼 하나의 환경일 뿐 그 이상도 그 이하도 아니다. 그저 내 안의 나를 믿으면 된다. 그 안에서 날 아끼는 누군가가, 단 한 사람이라도 내 손을 잡아 준다면 그 손길을 믿고 따라가면 된다.

어둠은

두려움이 아닌 그저 나를 둘러싼 기우일 뿐이었다.

작은 불빛의 유무가 마음속 두려움과 평온함을 가르듯, 나를
또 누군가를 믿거나 믿지 않음은 내 삶 전체를 가를 수 있기
때문이다.

4장

사람 속에서
빛날 수 있게

얼마나 쓸데없는
자만심이었던가

새벽 2시, 새벽 4시, 새벽 5시, 5시 15분, 5시 25분….

이날처럼 끔찍하게 길었던 밤이 또 있을까. 베트남을 시작으로 한 달 동안 동남아를 돌기로 했던 겨울방학 여행의 첫 도착지인 하롱베이에서였다. 바다 위에 솟아 있는 바위섬들과 짙은 안개가 마치 용의 세계에 온 듯하다 하여 '용이 내려오다'는 뜻의 하롱下龍이란 이름이 붙었다고 한다. 하지만 우리에겐 고난의 연속이었다. 마치 인간이 용의 세계에 함부로 발을 들여놓은 죄로 신들의 노여움을 사기라도 한 것처럼.

여행을 시작하기 전부터 그의 눈 상태가 썩 좋지는 않았다.

아직 기억하고 있다.
까만 먹구름만 가득했던 하늘에
조금씩 햇살이

                    내

                        려

                            오

                        던….

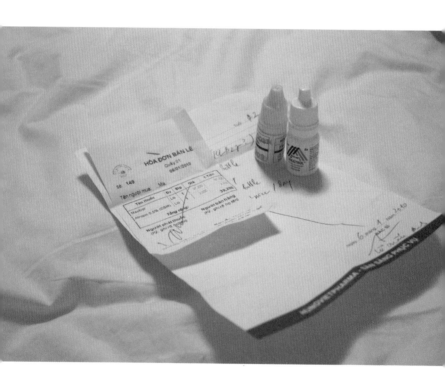

가끔 몸이 너무 힘들면 눈이 충혈되면서 시야가 뿌옇게 돼 특정 약을 눈에 넣어야 했다. 하지만 우리에겐 비상시 필요한 약도 있었고, 아직 여행 초반이라 무리할 일은 없을 것이라 판단했기에 큰 걱정 없이 출발했다. 하지만 어찌된 일인지 강행군도 아니었는데 그의 눈에 이상이 오기 시작한 것이다. 눈은 점점 악화되었고 약은 거의 다 떨어져 갔다.

난 인터넷으로 증상과 함께 응급처치 방법을 찾아봤다. 하지만 응급처치 방법은 없고, 심해지면 실명할 수도 있다는 끔찍한 얘기들뿐이었다. 스트레스나 걱정거리가 있으면 리트머스 종이처럼 즉각적인 반응을 보이던 내 위장은 저녁에 먹은 팬케이크를 소화시키지 못하고 민감하게 반응했다. 멈추지 않고 흐르는 눈물 때문에 내 시야는 자꾸만 흐려졌다. 머리는 덩달아 지끈지끈 아파 왔다. 노트북 자판기 위에 놓인 손은 자꾸만 떨렸고 속은 울렁거렸다.

'병원은커녕 도움을 청할 한국인 한 명 없는 이 시골 마을에서 어떻게 벗어나지?'

하롱베이가 여행지로는 유명하지만 도시와는 한참 떨어진 시골이었다. 숙박업소는 많았지만 약국 하나 보이지 않았고, 한국 교포가 운영하는 상점도 찾을 수 없었다. 베트남어를 전혀 모르기 때문에 우선 통역해 줄 수 있는 사람이 필요했지만 모두 호객 행위를 하는 베트남 사람들뿐 한국인은 보이지 않았다. 일단 이곳을 벗어나 병원이 있을 만한 도시로 가는 수밖에 없었다.

'그런데 설령 도시에 도착하더라도 안과를 어떻게 찾지? 찾더라도 말이 통하지 않는 이곳에서 그의 증상을 어떻게 설명하지?'

중국에서야 학교 때 배웠던 단어들을 나열하면 어떻게든 됐지만 베트남에서는 불가능했다. 영어가 잘 통하지도 않았고, 통한다 하더라도 길을 묻는 것이 아닌 병세를 설명해야 하는 일이어서 정확한 의사소통은 필수였다.

'만일 이도 저도 안 되어 한국으로 돌아가야 한다면 비행기 표는 어떻게 구하지? 저 많은 짐은 어떻게 해야 하지? 나중에 칭다오로 다시 들어갈 때 문제가 되진 않을까?'

밤새도록 대답을 찾지 못한 질문들은 꼬리에 꼬리를 물고 이어졌고 내 머리는 점점 공황 상태가 되어 갔다.

'정신 차리자! 나마저도 상태가 안 좋아지면 우린 정말 어떻게 될지 몰라. 나라도 기운 내야지. 이 문제를 해결할 수 있는 사람은 오로지 나밖에 없잖아. 힘내자!'

난 두렵고 조급한 마음을 다스리기 위해 계속 큰 숨을 몰아쉬었다. 그리고 해결 방법을 찾기 위해 노력했다. 하지만 이미 걱정과 긴장으로 가득 찬 내 마음 때문에 머릿속까지 잔뜩 헝클어져 냉정한 판단을 할 수 없던 상태였다. 그래서 일단 한국에 있는 친한 동료 기자에게 무작정 도움을 청했고, 다행히도 베트남 대사관에 있는 한국국제협력단KOICA과 연락이 닿게 되었다. 이미 늦은 시간이라 움직일 순 없으니 아침에 동이 트자마자 택시나 버스를 이용해 하노이로 가는 수밖에 없다는 답변을 들었고, 동이 트면 바로 움직일 수 있게 만반의 준비를 해 놓았다.

하지만 그날 밤 시계 초침은 너무 더디게 움직였고, 밤새 창문을 때리던 굵은 빗방울은 쉼 없이 내려 발목까지 잠길 정도였다. 그는 시야가 자꾸만 뿌옇게 된다며 기운 없는 목소리로 말했고, 모든 게 원망스러워진 난 그를 위로해 주기는커녕 왜 이렇게 될 때까지 참았느냐며 해서는 안 될 말로 그를 더 힘들게 만들었다. 나는 2시간에 한 번씩 일어나 갖고 있던 비상 안약을 그의 눈에 넣었다. 하지만 그의 눈은 밤새 점점 더 붉게 번져 갔고, 내 베개는 마를 틈도 없이 밤새 축축하게 젖었다. 그날 밤 창밖은 빗물로, 내 마음은 눈물로 흠뻑 젖었다.

우리는 해가 뜸과 동시에 게스트 하우스를 나왔다. 다행히 전날 밤 세차게 퍼붓던 비는 멈추었고, 그의 상태도 조금은 좋아져 터미널로 이동할 수 있었다. 택시와 버스를 번갈아 타면서 가장 가까운 도시인 하노이에 도착했다. 그러곤 한국국제협력단의 사람들을 만나 하노이에 있는 현지 병원인 중앙 안과 병원으로 갔다. 베트남에 한국인 의사들이 몇 분 계시기는 했지만 불행히도 안과 의사는 없어서 결국 베트남 현지 병원으로 가게 된 것이다.

그러기까지 여러 사람의 도움을 받아야 했다. 병원을 수소문하는 것부터 나중에 베트남을 떠날 때까지 한국국제협력단의 박홍식 부소장님이 계속 신경을 써 주셨다. 또 정확한 증상을 전달하기 위해 안과의는 아니지만 그곳에서 오랫동안 의사 생활을 하신 김시찬 박사님께 1차 진단을 받았고, 영어도 잘 통하지 않는 베트남 의사와 우리의 의사소통을 위해 베트남 사람이면서 한국국제협력단 직원인, 한국어를 무척 잘하는 응위엔의 도움을 받아야 했다. 당시 하노이에서 이분들을 만났을 때 난 이젠 살았다는 생각에 다리 힘이 스르르 풀리는 것 같았고, 얼굴은 웃고 있었지만 눈엔 자꾸 눈물이 그렁그렁 맺혔다.

중앙 안과 병원은 드라마에서 봤던 한국의 70~80년대 병원 분위기를 물씬 풍겼다. 병원이 꽤 큰 편이었음에도 불구하고 병원 앞은 주차해 놓은 오토바이들로 행인들이 걸어가기조차 힘들 정도였다. 병원 정문을 지나 건물 현관으로 가는 길에는 어찌나 사람들이 많은지 정신이 하나도 없을 정도였는데 병원 안은 더했다. 복도에 놓인 의자에 자리가 없음은 물론이고 걸어갈 때도 사람들과 어깨를 부딪치지 않고서는 앞으로 나아갈 수 없을 정도였다. 게다가 어리둥절한 표정으로 두리

어디선가 불어온 바람이
내 마음에 고인 물기를 시원하게
닦아 주었다.

번거리던 우리가 그곳에 온 환자와 가족들에게 구경거리라도 됐는지 등 뒤가 그들의 시선으로 따끔거렸다.

인파를 뚫고 들어간 진료실엔 햇살이 바로 들어와 밝은 기운이 감돌았다. 미리 전화를 받고 우리를 기다리던 베트남 의사 선생님의 밝은 미소는 그곳을 더 따뜻하게 만들었다. 서로 대화가 통하지 않아 이야기를 나누지는 못했지만 눈빛으로 잘 부탁한다는, 걱정하지 말라는 메시지를 교환한 후 바로 검사에 들어갔다. 이미 그의 증상을 한국인 박사님을 통해 들으셨기에 이런저런 질문은 필요 없었다.

드디어 검사가 시작되었고 내 심장은 유난히 큰 소리를 내며 뛰었다. 가슴속엔 초조함이 밀물처럼 밀려들었고 찡그려진 얼굴은 좀처럼 펴지지 않았다. 잠시 후 검사를 끝낸 의사 선생님은 같이 간 응위엔을 통해 우리에게 상황을 전해 주었다.

"이제 걱정하지 않으셔도 되겠어요. 심각하지 않대요. 며칠 좀 쉬고 여기에서 주는 약만 잘 넣으면 금방 괜찮아질 거래요."

안도의 한숨이 절로 새어 나왔다. 괜찮다는 바로 이 한마디를 들으려고, 이 짧은 순간을 맞이하기 위해서 그 고생을 했나 생각을 하니 가슴이 먹먹해졌다. 그동안 얼마나 가슴을 태웠는지, 애꿎은 하늘을 얼마나 원망했는지 지난 시간들이 빠르게 머릿속을 스쳐 지나갔다.

너무나 막막했다. 그리고 두려웠다. 아무에게도 기댈 수 없다는 사실이 날 그토록 힘들게 할 줄은 정말 몰랐다. 한국에서 바쁜 날들을 보내야 할 때면 아무도 모르는 곳에 가서 편안히 살았으면 좋겠다는 말을 하곤 했다. 하지만 아무도 없는 상황에서 이런 일을 겪어 보니 그 말이 얼마나 빈껍데기였는지, 가족과 친구의 존재가 나에게 얼마나 큰 언덕이었는지 알게 되었다. 그동안 무엇이든 혼자서 잘할 수 있다고, 혼자 하는 게 편하다고 말했던 것이 얼마나 쓸데없는 자만심이었는지 깨달으니 그저 한숨과 헛웃음만 나왔다.

하늘을 올려다봤다. 전날 까만 먹구름만 가득했던 하늘에는 언제 그랬느냐는 듯 파란 하늘과 하얀 뭉게구름이 떠 있었고 햇살은 더욱 따사로웠다. 1박 2일의 짧은 시간이었지만 나와 평생을 같이할 그가 얼마나 소중한지, 가족과 친구들, 또 나를 좋아해 주는 모든 사람들이 얼마나 소중한지 알게 되었다. 아픈 만큼 성숙해진다는 말은 이럴 때 쓰는 걸까.

어디선가 불어온 바람이 내 마음에 고인 물기를 시원하게 닦아 주었다.

내 안에서
커 가는 시간들

　　　　　"안녕하세요?"

　"안녕하세요?"

　"이철수입니다."

　"이철수입니다."

　"처음 뵙겠습니다."

　"처음 뵙겠습니다."

　조금은 어눌한 중국 학생들의 발음이 교실 안을 쩌렁쩌렁하
게 울렸다. 꼭 갓 태어난 노란 병아리들이 삐악삐악 목청을 돋
우는 것처럼 나를 따라 문장을 읽어 내려갔다.

　중국에서 유학하는 1년이라는 시간 동안 뭔가 의미 있는 일

을 하고 싶었다. 앞으로 내게 또 어떤 기회가 생길지는 모르겠지만 처음이자 마지막이 될 수도 있는 중국에서의 시간을 그냥 흘려보내고 싶지는 않았다. 그래서 직장 생활을 계속했다면 엄두도 못 냈을 한 달짜리 배낭여행을 방학 기간에 두 번이나 다녀왔다. 물론 진짜 여행가들에게 두 달의 여행은 명함도 내밀 수 없는 것이지만 트렁크 여행에 익숙한 나와 그에게는 의미가 남달랐다.

또 한 가지는 중국인들에게 한국어를 가르치는 것이었다. 한국어를 전공한 것도 아니고 칭다오 대학교에 교수 자격으로 간 것도 아니라 처음엔 과연 내게 그런 기회가 올까 하는 의문이 들었지만 간절히 원하면 이루어진다고 중국 학생들에게 한국어 회화를 가르칠 수 있게 되었다. 정확한 한국어와 생생한 한국 문화를 전하고 싶다는 나의 의지가 받아들여진 것이다. 그때부터 난 제대로 피부에 와 닿는 한국어 공부를 할 수 있게 되었고 주는 것보다 얻는 것이 더 많은 시간을 보내게 되었다.

한국어를 가르치는 매일은 놀라움과 감동의 연속이었다. 그 놀라움은 첫 시간부터 시작됐다.

"따라 읽으세요. 안녕하세요?"

"안녕하세요?"

깜짝 놀랐다. 서른 명가량 되는 학생들의 목소리가 어찌나 큰지 강의실이 떠나갈 정도였다. 따라 읽으라고 해도 읽는 둥

계속 내 안에서 커 가고 있는 시간들.

마는 둥 딴짓하기에 바빴던 우리 학창 시절의 모습과는 크게 달랐다. 또 단 한 명도 무단으로 수업에 빠지는 학생은 없었다. 심지어 햇볕이 따스한 창가 자리에서 조는 학생, 수업 중간에 도망치려고 문 옆에 앉는 학생, 수업 시간 내내 문자 보내느라 정신없는 학생 등 소위 요주의 학생들은 찾을 수가 없었다. 모두들 나의 말을 하나라도 놓칠세라 칠판 위의 글씨를 따라갔고 내가 눈 둘 곳이 없을 정도로 시선을 떼지 않았다. 지각생이나 무단결석, 대리 출석 같은 단어는 아예 존재하지 않는 세상인 것 같았다.

놀라움은 수업 시간에만 국한된 것이 아니었다. 복도 이곳저곳에서, 잔디밭 여기저기에서 각자 자신의 학과 언어로 된 문장을 소리 내어 읽느라 항상 떠들썩했다. 처음에는 시험 기간이라 그런가 싶었는데 나중에 알고 보니 시험과 상관없이 학생들은 그렇게 소리 내어 예습, 복습을 항상 하고 있었다. 학생들의 공부는 깜깜한 밤에도 이어져 대부분의 강의실은 늦은 시간까지도 불이 환했고, 추운 겨울에는 난방기 하나 없는 교실에서 장갑과 목도리로 추위를 견뎌 가며 공부를 하는 학생들로 훈훈한 기운이 감돌기도 했다.

이렇게 열심히 공부하는 학생들 틈에 있다 보니 나도 덩달아 늦은 시간까지 공부를 하게 됐다. 사실 난 새로운 직장에 취직을 해야 하는 절박함도 없었고, 시험을 잘 보지 않으면 졸업을 못하는 불안함도 없었으니 한도 끝도 없이 게을러질 수 있는 상황이었다. 하지만 추위와 더위에도 아랑곳없이, 한창 놀고 싶을 나이에도 열정적으로 공부하는 학생들을 보면서 난 저절로 펜을 들게 됐고 늦게까지 딱딱한 강의실 의자에 앉아 있게 되었다.

또한 한국어 수업 때도 하나라도 더 가르쳐 주고 바로잡기 위해 노력했다. 사실 학생들이 배우는 교재에는 현재 우리가 쓰지 않는 단어들이 여러 개 있었다. '축구를 하다'는 '볼을 차다'라고, '줄넘기'는 '줄뛰기'라고, '꾸준히 하다'는 '견지하다'라고 나와 있었다. 그럴 수밖에 없는 것이 중국 내 한국어 관련 교수들은 대부분 조선족 분들이었고, 교과서도 주로 그분들이 만들었다. 그러다 보니 현재 한국에서 쓰지 않는 단어가 나오는 것은 물론 발음이나 억양도 조금은 생경한 것들이 많았다.

그 속에서 어려움을 겪는 사람들은 학생들이었다. 한국 사람들의 발음과 조선족 교수들의 발음, 교재 CD에 나오는 발음이 모두 제각각이었기 때문이다. 나는 학생들에게 이런 발음 차이는 중국에 수많은 사투리가 있는 것처럼 한국 지역 안에서도 조금씩 다르기 때문이라고 설명했다. 크게 북쪽에서 쓰는 말과 남쪽에서 쓰는 말이 다르고 남쪽, 즉 한국에서는 서울 지역의 말을 표준어로 쓴다고 말했다. 이 얘기를 하면서 난 우리나라가 만일 반으로 갈라지지 않았더라면 얼마나 좋았을까 하며 지난 역사를 살짝 원망하기도 했다. 그렇게 난 한국어가 중국에서 얼마나 사랑받고 있는지 몸소 느낄 수 있었다.

이런 경험은 방학을 이용해 배낭여행을 했던 라오스 루앙프라방에서도 이어졌다. 여느 날과 다를 바 없이 우리 부부는 희희낙락하며 루앙프라방의 사원을 구경하고 있었다. 그런데 갑자기 한 스님이 우리 앞에 오더니 한국말로 인사를 했다. 깜짝 놀란 우리는 물었다.

"한국어를 어떻게 아세요?"

"공부하다."

스님은 쑥스러운 듯 웃으면서 서투른 한국어로 대답했다. 얘기를 들어 보니 한국어를 공부하던 도중 우리가 쓰는 한국어가 들려서 자신이 제대로 공부하고 있는지 물어보고 싶어 인사를 건넸다고 한다. 사실 난 라오스란 나라가 정확히 어디에 자리하고 있는지, 어떤 피부색의 사람들이 살고 있는지조차 잘 몰랐다. 그런데 낯선 땅에서 그것도 열여덟 살의 어린 스님이 한국어를 공부하고 있다고 하니 너무나 반가웠고, 내가 한국인이란 사실이 무척이나 자랑스럽게 느껴졌다. 사랑하는 사람을 몰래 바라봐야 하는 사람처럼 멀리서 주황색 가사를 걸친 스님들을 바라보기만 했는데 함께 앉아 얘기를 나누게 될 줄은 정말 꿈에도 몰랐다.

난 스님이 쓰고 있는 공책을 봤다. 한 단어마다 열 번씩 써 내려간 글씨가 삐뚤삐뚤했지만 꾹꾹 눌러쓴 흔적이 어찌나 귀여운지 보고 또 봤다. 스님이 공부를 열심히 해서 그런 건지 이들의 발음 체계가 우리와 비슷해서 그런 건지는 모르겠지만, 발음도 그 어떤 나라 사람보다 한국인의 발음에 가까웠다. 난 중국 학생들을 가르쳤던 경험을 되살려 정확한 발음을 가르쳐 줬고, 틀린 철자도 바로잡아 주었다. 옆에서 구경하던 동자승들은 알아듣지도 못하면서 장난기 가득한 얼굴로 내 곁을 떠나지 않았다.

스님은 나중에 한국에 가서 꼭 공부하고 싶다고 했다. 자신의 스승도 그렇게 공부하고 오셨다며 크리스마스 선물을 기다리는 어린아이처럼 스님의 눈빛은 초롱초롱 빛나고 있었다. 난 너무 반가운 나머지 한국에서 가져온 명함을 한 장 건넸다. 스님에게 속세의 물건을 전하는 것이 괜찮은 일인지, 이메일이 무엇인지도 모르는 스님에게 이 명함이 어떤 역할을 할 수 있을지 알 수는 없지만 소중한 인연의 끈을 허공에 날려 버리고 싶지는 않았다. 세월이 한참 흐른 후 내 메일함에 한국어로 쓴 스님의 메일이 도착할 수도 있지 않을까 생각하며 얕은 인연의 끈을 만들었다.

이처럼 한국어는 내가 생각했던 것보다 더 많은 곳에서 더 많은 사람들에게 사랑받고 있었다. 한국 드라마를 원어로 듣고 싶어서, 한국에서 공부를 하고 싶어서, 한국의 유행을 알고 싶어서…. 이유는 가지각색이었지만 한국어에 대한 갈망과 열기는 모두 비슷했다. 세계화를 외치며 영어를 공부하고 서양의 문화와 예술을 알기 위해 노력했던 것이 엊그제 같은데 이미 다른 나라에선 세계화를 외치며 한국어를 공부하고 한국의 영화와 문화를 향유하고 있었던 것이다.

그러나 한국의 대중문화와 예술은 차치하더라도 아나운서로서의 나는 제대로 한국을 말했을까? 잘못된 한국어를 사용하지는 않았을까? 한국을 떠나 생활하다 보니 방송하면서 나도 모르게 무신경해졌던 부분들이 떠오르며 그동안 중요한 걸 잊고 살았구나 하는 생각이 들었다.

이젠 행동하는 일만 남았다. 우선 마이크 앞에서의 마음가짐은 이전과 많이 달라질 것이다. 한국어를 이제 막 배우기 시작한 중국 학생들이 내 방송을 들으며 한국어 공부를 하고 있을지도 모를 일이니 난 더 아름답고 바른 말을 쓸 것이다. 사전에도 나오지 않는 은어를 사용해 순수한 아이들의 머릿속을 혼란스럽게 하고 싶지는 않기 때문이다.

또 한국어를 공부하고는 싶지만 경제적인 여건이 되지 않아 배우지 못하는 이주노동자들에게 한국어를 가르치고 싶다. 마땅한 한국어 교재도 없이 공부하던 라오스의 스님에게는 시간이 없어 제대로 가르쳐 드리지 못했지만 한국에 살면서도 돈이 없어 한국어 공부를 할 수 없는 이주노동자들에게 좀 더 많은 시간을 내 도움을 준다면 그 스님도 기뻐하시지 않을까?

내 안에 있는 또 다른 내가 쑥쑥 커 가는 소리가 들린다. 여행지에서 한국어를 가르치게 되었고, 스님과 인연을 맺었으며, 한국에서의 또 다른 길을 꿈꾸게 되었다. 모두 생각만으로 그쳤으면 절대 일어날 수 없었을 일들이다.

아직 지금까지 살아온 날보다 더 많은 날을 살아야 하는 나. 앞으로도 내 안의 내가 커 가는 소리를 계속 들을 수 있었으면….

우리는 무언가를 얻기 위해
무언가를 건넨다

       내가 복이 많아서일까? 원래 중국 학생들은 다들 이렇게 순수한 걸까? 내가 경험한 단편적인 일들로 일반화를 시켜서는 안 되겠지만 적어도 1년 동안 만났던, 특히 내가 한국어를 가르쳤던 중국 학생들은 칭다오의 파란 가을 하늘처럼 맑고 어린아이처럼 순수했다. 그 모습을 지켜볼 때면 내 입에서 저절로 감탄사가 새어 나올 정도였으니까.

  학생들과의 첫 번째 수업이 있기 전이었다. 2시간짜리 수업을 위해서 난 그보다 훨씬 많은 시간을 들여야 했다. 한국어를 한국말로 가르쳐도 어려울 판에 한국어를 중국어로 설명해야 하니 보통 어려운 일이 아니었다. 일단 책에 나온 단어나 본 아이들에게서 더 많은 것을 배운다.

스승이라고 하기에는 부족한 것이 더 많은 나였다.

문이 틀리지 않았는지 확인하고 그 단어에 해당하는 중국어를 찾아 미리 표시를 했다. 또 문법적으로 왜 이런 문장을 써야 하는지 국어사전과 인터넷을 뒤져 가며 연구했고, 좀 더 쉽게 이해시키기 위해서 학생들이 알 만한 쉬운 단어를 이용한 예문들도 준비했다. 딱딱한 문법 수업이 아닌 회화 수업이기 때문에 교재 내용과 관련된, 하지만 중국의 교수님들은 잘 모르는 현재 한국의 문화나 생활 모습에 대한 얘기도 꼼꼼히 체크했다.

이렇듯 많은 노력을 기울인 첫 수업은 다행히 조는 학생 한 명 없이, 주임 교수님의 흡족한 평가 아래 막을 내렸다. 수업 종료를 알리는 종이 울렸을 때는 생방송 이후 나오던 "수고하셨습니다"라는 말이 절로 튀어나왔다. 뿌듯함과 피곤함이 동시에 몰려왔다. 이 기분 좋은 느낌을 기숙사 방에서 기다리고 있을 그에게 얼른 알리고 싶어 가방을 챙겨 문을 나서려는데 학생들이 내게 달려오는 것이었다.

"선생님, 밥 먹다."

밥을 맛있게 먹으라는 얘기인지, 어디에서 먹을지 물어보는 건지, 같이 먹자는 얘기인지 분간이 되지 않았다.

"같이! 지금!"

한국어로 말하는 것이 쑥스러운지 연신 방긋거리던 학생들은 결국 중국말로 같이 밥 먹으러 가자는 얘기를 했고, 난 난

생처음 받아 보는 선생님 대접에 신이 나 함께 식당으로 향했다. 학생들은 먼저 내게 메뉴를 건네며 먹고 싶은 것을 시키라고 했지만 내가 알고 있는 중국 음식이라고는 한두 가지밖에 없었기에 차림표를 학생들에게 넘기며 먹고 싶은 것을 주문하라고 말했다. 학생들은 서로 티격태격하며 한참을 얘기하더니 다양한 종류의 음식을 주문했고, 한상 가득 차려진 음식들은 모두 내 입맛에 꼭 맞았다. 한국 사람들은 맵고 달콤한 음식을 좋아한다는 걸 알고 있던 학생들이 자신들의 취향보다는 내 입맛에 맞게 음식을 골랐던 것이다. 그리고 열 가지 정도 되는 음식이 나올 때마다 학생들은 내가 먼저 먹지 않으면 계속 기다렸다. 난 학생들의 세심한 배려와 까르르 웃어 대는 맑은 웃음 속에서 즐거운 점심시간을 보냈다.

　식사를 마친 나는 계산을 하려고 카운터로 향했다. 그런데 종업원은 내게 영수증을 내미는 대신 뭔가 묵직한 것이 들어 있는 커다란 비닐봉지를 건넸다. 어찌 된 영문인지 몰라 학생들에게 묻자 계산은 이미 자신들이 했고, 이 비닐봉지는 혼자 계실 시인 아저씨께 드리는 것이라고 했다. (시인 아저씨는 내가 학생들에게 알려 준 그 사람에 대한 호칭이다.) 그것도 한국인 입맛에 맞게 닭고기를 매운 고추와 함께 볶은 음식을 말이다. 내가 선생님이니 당연히 돈을 내야 하는데 왜 너희들이 내느냐고 묻자, 학생이 선생님께 대접을 하는 것은 당연한 일이고 더

구나 선생님은 중국에 온 손님이기 때문에 주인인 자신들이 내는 게 당연하다는 것이었다. 학생들이라 돈도 많지 않을 텐데, 게다가 우리가 먹은 음식은 그들이 평소 먹는 것보다 세 배 이상 비쌀 텐데도 학생들은 주머니 속에 꼬깃꼬깃 들어 있던 용돈을 모아 허기진 내 배뿐만 아니라 마음까지도 가득 채워 줬다.

이와 같은 일은 다른 학생들도 마찬가지였다.

수업을 마치고 학생들과 함께 간 식당에서도 난 학생들이 사 준 밥을 먹어야 했다. 내가 계산을 하려고 해도 막무가내였기 때문이다. 하지만 아무리 중국 문화가 그렇다 하더라도 계속 얻어먹을 수도 없고, 내게 보여 준 따뜻한 마음에 작은 보답이라도 하고 싶어 중국 사람들이 잘 먹는 두유와 비슷한 또우지앙이라는 음료를 샀다. 또우지앙 한 잔은 우리 돈으로 200원 정도여서 부담스럽지도 않았다. 그런데 학생들은 그 작은 음료수 한 잔에도 크게 기뻐했고 난 내가 쓴 돈보다 몇 배나 큰 행복으로 되돌려 받았다.

그러나 이게 끝이 아니었다. 몸도 마음도 그득한 상태로 자리에서 일어서려는데 갑자기 자기들끼리 눈빛을 주고받더니 잠깐만 기다리라는 것이었다. 필요한 게 있어서 잠깐 뭘 좀 사러 가야 한다면서 말이다. 난 기다리는 동안 학생들과 한바탕 수다를 떨었다. 한국 드라마를 무척 좋아한다는 얘기, 오후 수업이 없는 날엔 친구들과 쇼핑을 간다는 얘기, 남자 친구에 대한 얘기…. 주위의 시선은 아랑곳하지 않고 마치 여고생들처럼 깔깔대며 웃어 댔다. 그렇게 한참 수다를 떨고 있는 사이 학생들이 돌아왔다.

"선생님, 드세요."

내게 커다란 비닐봉지를 건네는 것이었다. 봉지를 열어 보니 각종 카스텔라며 빵, 과자들이 들어 있었다.

"수업, 케이크, 빵."

아까 수업 시간에 '떡'이라는 단어가 나와 설명을 하면서 빵과 케이크를 얘기했는데 그게 생각나서 사 온 거라는 뜻이었다. 집에 가서 시인 아저씨랑 같이 드시라면서 내게 빵 한 보따리를 안겨 준 것이다. 나는 뭘 이렇게 많이 사 왔느냐며 필요 없다고 했지만 학생들은 사양하지 말라면서 내게 주었다. 난 매번 밥값을 내지 않는 게 미안해서 음료로 아주 작은 성의를 표시했던 것인데 학생들은 더 큰 것으로 다시 답례를 했다.

이후에도 학생들은 내가 무거운 물건이라도 들고 있으면 얼른 받아 기숙사 방문 앞까지 들어다 줬고, 공휴일이어서 고향에 다녀오기라도 하면 고향 특산물이라면서 농산물을 가져다 주기도 했다.

세상이 발전할수록, 세월이 흘러갈수록 우리는 무언가를 얻기 위해서 무언가를 건넨다. 내가 5만 원짜리 선물을 하면 적어도 그 이상 되는 선물이 돌아오길 기대하고, 내가 어느 정도의 관심을 보냈는데 그에 대한 반응이 없으면 서운해 한다. 사랑이라는 건 크기로 비교할 수 없는 것임에도 불구하고 내가 보낸 사랑보다 상대방의 사랑이 적다며 다투기도 한다. 그러다 보니 진정한 선물의 의미는 점점 퇴색되고, 사랑이나 관심과 같은 사람의 마음까지 자꾸 숫자로 나타내게 되었다. 하지만 칭다오의 학생들은 상대방에게 베푸는 것을 통해 오히려 자신이 더 행복해진다는 것을 행동으로 깨닫게 해 주었다.

내가 학생들에게 지식을 가르친 선생님이었다면 학생들은 내가 잊었던 삶의 방식을 가르친 어린 선생님이었다. 지금쯤 학생들은 또 누군가의 가슴에 감동의 물결을 만들고 있을까? 또 누군가에게 그 환한 미소를 보여 주고 있을까? 마냥 순수하기만 했던 학생들이 무척이나 그리운 밤이다.

사람과
사람 사이의 국경

　　　　　중국에서 베트남으로 들어갈 때 난 태어
나 처음으로 내 발로 걸어서 국경을 넘었다. 비행기를 타고 갈
수도 있었지만 꼭 내 두 발로 국경을 넘고 싶어 일부러 선택한
길이었다. 전날부터 우린 흥분해 있었다. 많은 이들이 그 선을
넘었다는 이유로 수년 동안 감옥에 가기도 했고, 국경을 넘기
위해 하나뿐인 목숨을 걸기도 했으니 우리의 마음이 들뜨는
건 어찌 보면 당연했다.

　하루면 갈 수 있는 곳을 1박 2일 동안 돌고 돌아 드디어 국
경에 도착했다. 그런데 뭔가 허전했다. 내가 생각한 국경은 철
조망이 사방에 둘러쳐져 있고, 검문소는 삼엄하며, 인근에는
총을 든 군인들만 있는 곳이다. 하지만 내 눈앞에 펼쳐진 국경

은 나무가 우거진 숲에 중국과 베트남 두 나라의 우의를 다지기 위해 지은 요우이관友誼館이라는 건물만 덩그러니 서 있을 뿐 경계와 긴장은 어느 곳에서도 찾을 수 없었다. 검정 선글라스를 낀 군인들이 팽팽한 긴장감 속에서 서로를 감시하는 것도 아니었고 새들마저 숨죽이고 있을 것만 같은 적막감 따위도 없었다. 어린 시절, 서로의 반찬통이 마음대로 넘나들던 책상 위의 금처럼 쉬워 보였다.

국경 근처에 살고 있는 두 나라의 주민들은 마치 한마을 사람처럼 잦은 왕래 속에 생활하고 있었다. 삼엄할 것 같았던 검문소 직원들은 한국 드라마를 좋아한다며 오히려 내게 밝은 웃음을 지어 주기도 했다. 그곳 사람들에게 국경은 있어도 그만 없어도 그만인 하나의 선일 뿐 목숨을 걸고 넘어가는 사선死線이 아니었다.

오히려 국경은 내가 사는 한국에 있었다. 우리나라에서 국경은 눈에 보이는 경계선이기도 했지만 사람과 사람을 가르는 마음속 경계선이기도 했다.

칭다오에서 생활하는 동안 내가 몸담았던 한국어학과에는 조선족 교수들이 많았다. 더 정확히 말하면 중국에 있는 한국어학과 교수 중 90퍼센트가 조선족이었다. 칭다오에는 유독 조선족이 많았는데 한국 기업체가 많이 들어와 있다 보니 중국어와 한국어를 자유자재로 할 수 있는 사람이 필요했기에 생긴 풍경이었다. 그래서 식당이나 상점에 가면 조금은 어색한 한국어 억양으로 말하는 사람들을 종종 만날 수 있었다. 한국이 아닌 외국에서 들리는 한국어에 반가움과 놀라움의 말이 튀어나왔다.

"한국 분이세요?"

"네, 맞아요. 한국어학과 졸업했어요. 저 조선족이에요."

상대방의 말은 이 세 가지 중 하나의 대답이 되어 돌아왔다.

처음에는 조선족이라는 말이 너무 생소했다. 뿐만 아니라 내가 "조선족이세요?" 하고 묻는 것이 혹시 상대방의 기분을 상하게 하는 것은 아닌지, 실례되는 질문은 아닌지 잘 판단을 할 수 없었다. 물론 이들을 가끔 만난다면 크게 불편할 것도 없지만 한국 음식을 파는 식당 중 절반가량이 조선족 주인이었고, 칭다오 대학 한국어학과 교수의 90퍼센트 이상도 모두 조선족이었기에 이런 어려움은 계속 나를 괴롭혔다. 그러던 중 한 한국인 교수가 이런 말씀을 하셨다.

"저 식당 사장님은 우리 동포잖아요."

"동포요? 이민 오신 거예요?"

"아니요, 조선족이요. 한국에선 조선족이란 단어의 어감이 별로 좋지 않은데 그걸 저분들도 알고 있어 왠지 조선족이라고 말하기는 좀 죄송스럽더라고요. 그래서 저뿐만 아니라 많

어쩌면 우린 매일 사람과 사람 사이에 국경을 만들며 살아가고 있는지도 모른다.

은 한국 사람들은 그들을 동포라고 불러요."

그 후로 난 한국말을 유창하게 하는 사람을 만나면 동포인
지, 한국에서 오셨는지를 묻곤 했다. 하지만 그렇다고 해서 그
분들에 대한 정의가 머릿속에서 명확하게 정리된 것은 아니었
다. 같은 한국말을 쓰고 있고, 분단이 되기 전에는 한 나라 사
람들이었지만 지금은 서로 다른 나라에 살고 있는 그들이 우
리나라 사람인지, 외국인인지, 해외 교포인지 헷갈렸다.

그렇게 의문만 가슴속에 가득 차 있던 어느 날, 조선족인 한
국어학과 교수들과 자연스럽게 조선족에 대한 얘기를 나눌 수
있게 되었다.

"저뿐만 아니라 많은 한국 사람들은 헷갈려 해요. 조선족을
한국인이라 생각해야 하는지, 중국인이라 생각해야 하는지에
대해서요. 다르다고 하기엔 너무 닮았고, 같다고 하자니 아니
라고 대답하는 조선족들도 많고…."

나의 이런 질문에 명쾌한 해답이 나왔다.

"저희는 민정 씨와 같은 한민족, 같은 조선의 역사를 가진
민족이에요. 그래서 민족이 무엇인지를 묻는다면 같은 민족인
거죠. 하지만 국적을 물으신다면 지금은 한국인이 아닌 중국
인이라고 대답해야 할 거고요."

이 한마디에 모든 게 정리되는 기분이었다. 하나의 민족으

로 이루어진 한국 사람에겐 민족이란 개념이 낯설지만 56개의 민족으로 이루어진 중국 사람들에겐 낯선 것이 아니었다. 그러고 보니 얼마 전 중국 학생이 쓴 이력서 생각이 났다. 거기에는 우리가 쓰는 것처럼 이름, 가족, 학력 등 비슷한 항목들이 대부분이었지만 그중 한 가지 눈에 띄었던 것은 자신이 어떤 민족인지를 쓰는 '민족'이란 항목이었다. 그러니까 중국에서 "조선족이세요?" 하는 말은 전혀 문제될 것도, 미안해 할 것도 없는 질문인 것이다.

그리고 간혹 조선족에게 한국인인지 중국인인지를 물으면 바로 중국인이라는 대답이 나와 조금 서운했는데 그들에게 어느 나라 사람인지를 묻는 질문은 국적을 묻는 것이기 때문에 여권에 나온 대로 중국인이라 대답하는 것이 맞다. 그러니까 조선족과 한국인은 같은 민족이지만 다른 국적을 지닌 다른 나라 사람인 것이다.

평생을 한국이라는 단일민족국가에 살았기에 나와 조금이라도 다른 사람에 대해서는 일단 선을 긋고 보는 편협한 시각을 가지고 있었던 것을 깨달았다. 분단으로 인해 지금은 서로 다른 땅에 살고는 있지만 조선족은 역시 한국인이라는 자기중심적인 사고가 일으킨 혼선이 아니었나 하는 생각이 들었다. 같은 민족이라면 응당 같은 나라 사람이어야 한다는 생각만 했지, 다를 수도 있음을 마음 깊은 곳에서는 계속 거부하고 있

때로는
원하지 않은 일로
내 말이 다른 사람들의 마음에 상처를 입혔던 날도 있었다.

었는지도 모르겠다.

"우리도 많이 혼란스러웠어요. 중국인인지, 한국인인지. 민족은 뭐고 우리의 정체성은 무엇인지…. 그래도 이렇게 조선어학과_{조선족에게 한글은 조선어라는 이름으로 불린다}를 나온 사람들은 민족의 뿌리에 대해서 고민도 하고, 그러다 보면 나라는 다르지만 민족은 하나라는 생각을 하게 되죠. 하지만 아쉽게도 보통 사람들은 민정 씨 말처럼 아무런 망설임 없이 그저 자신을 중국인이라 대답하고 말아요. 한국과는 전혀 상관없는 사람으로 스스로를 여기면서 같은 역사를 갖고 있다는 사실에 대해서 잘 알지도 못하고 알려 하지도 않죠."

이런 얘기들을 들으니 결국 모든 문제의 시작은 국가와 국가 사이의 경계선인 국경 때문이 아닌가 하는 생각이 들었다. 난생처음 중국과 베트남의 국경을 내 두 발로 건널 때는 총, 칼이 경계를 서는 삼엄함 그 자체일 거라 생각했다. 하지만 두 나라 사람들은 국경 지대를 자유로이 넘나들면서 일상생활을 영위하고 있었다. 국경이 있든 없든 사람들은 그저 하루하루를 살아갈 뿐인데 국가라는 것이 생기면서 서로에게 총을 겨누고, 이해타산을 따지며 외교를 펼치고, 자신의 정체성을 고민해야 하는 불필요한 일들이 생기지 않았나 하는 생각이 들었다.

그 후 난 한국어를 쓰는 사람들을 만나면 국가를 따져 묻는

"한국인이세요? 중국인이세요?"라는 질문도 하지 않고, 결국은 같은 민족인데 왠지 서로를 나누는 듯한 "조선족이세요?"라는 질문도 하지 않았다. 그저 "고향이 어디세요?"라고 묻는다. 그러면 상대방도 즐겁게 고향에 대한 얘기를 들려줬다. 고향이 주는 향수는 한반도 땅이든, 중국 땅이든 모두 같을 테니까 말이다. 나라와 나라 사이에 그어진 국경이란 경계선은 내 마음대로 없앨 수 없지만 너와 나를 구분 짓는 사람과 사람 사이의 경계선은 이렇듯 내 마음대로 지울 수 있었다.

사람은 가고
사랑은 남는다

"기차에서는 뭐니 뭐니 해도 삶은 달걀하고 사이다를 먹어야 하는데…."

시안에서 청두까지 기차를 타고 남쪽으로 달리던 때였다. 처음 타 보는 침대칸은 모든 게 신기하고 재미있었다. 3층으로 된 침대가 두 줄씩 쌍을 이뤄 마주 보고 있는 구조는 1층 침대를 제외하고는 앉아 있을 수도 없을 만큼 위층과의 간격이 좁았고, 침대 하나하나는 한 사람이 누우면 딱 맞아 조금의 뒤척임도 허용되지 않는 크기였다. 당연히 기숙사에 있는 침대보다는 많이 불편했지만 그 불편함마저도 재미있었다. 전혀 모르는 이들과 이야기꽃을 피우는 것도, 칸마다 놓여 있는 뜨거운 물로 중국 라면을 끓여 먹는 것도, 15시간을 넘게 가다 보

우리는 흔들리지 않기 위해 흔들려야 했던 때가 있었다.

니 내릴 때쯤엔 화장실에 물이 조금밖에 남아 있지 않아 고양이 세수를 해야 했던 것도 수학여행을 온 학생처럼 그저 즐거웠다. 게다가 창밖으로 보이는 다양한 풍경은 여러 가지 추억을 떠올리게 했다.

잠에서 채 깨어나기도 전 눈에 들어온 풍경은 리옹행 테제베^{TGV} 안에서 보았던 폭신하고 드넓은 초원과 한가로이 풀을 뜯는 소와 양들의 모습이었다. 대학 3학년 때 나를 포함한 세 명은 프랑스와 한국의 박물관 실태 조사라는 주제로 프랑스 해외 탐방에 나섰다. 우리는 몇 날 며칠 쉬지도 않고 이곳저곳 돌아다니며 필요한 조사를 빠른 시간 안에 끝마쳤다. 그러고 나서 남는 시간을 여행하는 데 쏟아부었고, 일행인 은서의 프랑스인 친구 리즈가 살고 있다는 리옹^{Lyon}에 다녀오기로 했다. 리즈는 프랑스로 입양된 한국계 프랑스인으로 친부모님을 찾기 위해 한국에 다녀간 적이 있었는데 그때 은서와 인연을 맺었다고 한다.

사실 그 당시만 해도 입양이란 단어는 내게 무척 낯설었다. 아니, 전혀 생각해 보지 않은 말이었다. 그런데 리즈의 모습은 참 행복해 보였다. 편안한 환경에서 사랑을 받으며 살고 있는 게 여실히 느껴졌고, 그녀의 프랑스인 부모님은 리즈가 한국의 친부모님을 찾을 수 있도록 적극적으로 도와주고 계셨다.

아마 그때부터 입양에 대한 편견을 떨칠 수 있었던 것 같다.

그녀의 프랑스 부모님은 무척 친절하셨다. 사실 세 명이나 되는 손님을 집에 재운다는 게 보통 귀찮은 일이 아닐 텐데도 우릴 반갑게 맞으셨고 아침까지 근사하게 차려 주셨다. 샐러드부터 피자, 생과일주스, 와인 사업을 하시는 아버지께서 직접 고르신 신선한 와인까지…. 하지만 맛있는 음식보다 더 감사했던 건 사람을 감동시키고 변화시키는 건 거창한 말이 아닌 솔선수범하는 삶이라는 걸 새삼 깨닫게 해 주신 것이다.

10년이 지난 지금, 리즈는 한국인 부모님을 찾았을까 생각하고 있는데 저 멀리 일본 후쿠오카에서 구로카와로 가던 길에서 보았던 산이 보인다. 누군가 녹색 고깔모자를 높이 쌓아 놓은 듯해서 신기하게 여겼었는데 그 산이 이곳에서도 보이는 것이었다.

결혼 후 엄마에 대한 애정이 더욱 애틋해진 난 엄마를 모시고 일본으로 온천 여행을 다녀온 적이 있다. 외국 관광객들이 많이 가는 유후인도 좋지만 한적한 숲 속에서의 삼림욕을 즐기고 싶어 교통은 불편해도 일본 사람들이 많이 간다는 구로카와로 여행 계획을 세웠다. 여행사를 통해 가는 것도 아니었고 든든한 남편이 함께 간 것도 아니어서 이런저런 고생을 하기는 했지만 엄마에게도, 나에게도 기분 좋은 여행임은 틀림 없었다.

후쿠오카에 내려 기차와 버스를 갈아타며 갔던 그곳은 미야자키 하야오의 〈센과 치히로의 행방불명〉에 나올 법한 온천 마을이었다. 온천과 숙박을 함께하는 료칸은 산속에 띄엄띄엄 자리하고 있었다. 천막 하나 없이 온천물이 샘솟는 곳에 돌을 쌓아 탕을 만들었기 때문인지 이쪽 료칸에서 저쪽 료칸을 볼 수 없을 만큼 모두 멀리 떨어져 있었다.

엄마와 난 쏟아지는 별빛 아래에서 시원한 바람을 맞으며 따끈한 온천물에 몸을 담갔다. 마치 선녀들처럼 말이다. 옆에서는 시냇물 소리가 풀벌레 소리와 함께 어우러져 교향곡을 연주했다. 까만 밤하늘에 퍼지던 하얀 수증기는 천국에라도 온 것 같은 몽환적인 분위기를 만들었다. 한국 사람이 아무도 없다며 온천탕에서든 거리에서든 큰 소리로 내 이름을 부르시던 엄마는 영락없는 어린 소녀가 되었고, 이것저것 알아보고 챙기던 난 오히려 엄마의 보호자가 되었다. 그렇게 두 모녀는 구로카와에서 시간 가는 줄도 모르고 행복한 여유를 부렸다.

또 한참을 가고 있는데 이번엔 그 사람과 함께 경북 운문사를 여행한 후 서울로 올라가는 기차에서 보았던 논밭 풍경이 보인다. 그때 우리는 삶은 달걀을 먹으며 웃고 떠들다가도 어느새 조용히 책을 읽으며 기차 여행을 했다. 그는 내가 잠이

들면 기댈 수 있도록 어깨를 빌려 주었고, 잠시 졸다가 눈을
떠 보면 시상(詩想)이 떠올랐는지 창밖 풍경에 푹 빠져 있기도 했
다. 그의 눈빛은 맑은 샘물 같았고, 표정은 숲 속의 고요함을
닮아 있었다. 그때 쓴 시가 바로 〈간이역〉이다.

　그는 이 시를 쓰며 어떤 단어가 좋겠느냐며 내게 물었고 완
성된 것은 아니지만 한 번 들어 보겠느냐며 읊어 주기도 했
다. 그렇게 우리는 기차 안에서 추억의 한 페이지를 만들었고,
〈간이역〉이라는 시를 낳아 이 시를 보는 이들과 기차 여행의
추억을 나눌 수 있게 되었다.

　　사람은 가고
　　시선은 남는다
　　추억을 베껴 놓은
　　사랑의 간이역

　　속도를 닮은 기찻길 옆
　　기인 평행의 윤리를 거절하며
　　세상에 뿌려질 향수를 부화하는
　　가멸진 추억의 심방

　　기차와 함께

사람은 가고

사랑은 남는다

　차창 밖 풍경은 비행기를 타지 않고도 세계 곳곳을 볼 수 있게 했고, 잊고 있던 추억을 다시금 떠올리게 해 주었다. 난 한참 동안 차창 밖에 누가 있기라도 한 것처럼 씽긋 웃었다가 고개를 끄덕이기를 반복했다. 그리고 운문사 여행을 했을 때처럼 조용히 책을 읽고 있는 그의 옆자리로 갔다. 이번에는 또 어떤 추억의 페이지가 열릴까 기대하면서….

셀 수 없이
행복한 사람들

　　　　　　　무언지 모를 맑고 영롱한 빛이 내 몸을 감
싸고 있는 게 느껴졌다.

　베트남의 닌빈을 여행하고 하노이로 돌아오던 기차에서였
다. 중국의 침대칸에 비해 덜컹거림도 심했고 침대 두 줄마다
여닫이문이 설치되어 더 좁은 느낌이 들기는 했지만, 짙은 나
무 색으로 꾸며진 실내는 왠지 모르게 정이 느껴졌다. 해는 점
점 땅으로 내려와 온 대지를 따스하게 어루만지고 있었다. 긴
기차 여행이 끝나 가는 시간이어서인지 사람들의 표정은 약간
상기되어 있었다. 갓 구운 빵처럼 신선하면서도 고소한 향기
가 났다. 종이 상자 안에 들어 있는 노란 병아리를 만졌을 때
처럼 보드라운 공기가 뺨을 스치고 지나갔다. 그날의 기억은

베트남 꼬마들로 인해 기분 좋은 추억이 되었다.

외국인이라곤 아무도 없던 기차에서 우리의 등장은 모두의 시선을 집중시켰다. 아이에게 젖을 물리던 엄마도, 누나를 졸졸 따라다니면서 괴롭히던 꼬마도, 표 검사를 하던 차장 아주머니도 신기한 눈빛으로 우리를 쳐다봤다. 우리는 그들과 눈인사를 나누고 부족한 잠을 보충하기 위해 눈을 감았다. 그런데 여전히 누군가의 뜨거운 시선이 느껴졌다. 바로 누나를 괴롭히던 개구쟁이 꼬마와 동생한테 짜증 한 번 내지 않던 그 누나였다.

너덧 살쯤 되어 보이던 그 녀석들은 처음엔 나와 눈이 마주쳤다는 사실에 당황하더니 잠시 후엔 관심 없다는 듯 애써 눈길을 돌렸다. 사실 난 아이들과 노는 방법을 잘 모른다. 그래서 하나밖에 없는 조카에게도 관심을 받지 못했는데 그날은 참 이상했다. 카메라에 찍힌 본인들의 모습을 보여 주며 다가가자 아이들은 조금씩 마음을 열기 시작하더니 나중엔 내게서 떨어지지 않으려 울고불고 난리였다.

특히 꼬마 숙녀는 처음엔 나를 경계하며 새침한 표정을 지었지만 어색함은 오래가지 못했다. 보리쌀 게임은 우리를 친구로 만들었고 낯설지만 부드러운 손길은 서로의 마음을 열게 했다. 아이는 내 옆에 꼭 붙어 앉아 있었다. 다른 아이들이 내 옆자리를 차지할라치면 어느새 슬금슬금 비집고 들어와 나와 살을 맞대고 앉았다. 우린 "Hi!" 하는 인사말조차 통하지 않았지만 기차가 떠나가도록 까르르 웃어 댔다.

이 모습에 질투를 느꼈는지 개구쟁이 동생은 자꾸 우리 사이에 비집고 들어왔고, 다른 칸에서 두 꼬마형제가 장난감 총을 들고 원정까지 왔다. 그때부터 내가 있던 칸은 전쟁터가 되었다. 아이들은 장난감이 있으면 있는 대로 없으면 없는 대로 끊임없이 내게 시늉뿐인 총알을 쏘아 댔고, 난 수백 번 죽었다 살아나기를 반복해야 했다. 너무 지친 나머지 죽은 척하고 일어나지 않으면 아이들은 억지로 날 일으켜 세웠고, 죽는 시늉을 하지 않으면 날 간지럽혀서라도 드러눕게 만들었다. 그렇게 우리는 "빵, 으, 악" 하는 의성어만으로 2시간을 신나게 놀았다. 내 팔에 닿던 아이들의 피부는 무척이나 부드러웠고, 눈을 마주치며 즐거워하던 아이들의 웃는 모습은 더할 나위 없이 사랑스러웠다. 이렇게 뜻하지 않는 곳에서 같이 즐겁게 시간을 보낼 수 있는 꼬마 친구들을 만나는 것이 여행의 기적일 것이다.

1년 동안의 생활 터전이었던 칭다오에서는 타국에 나와 있는 우리를 따뜻하게 보살펴 주는 이들이 많았다. 칭다오에 아무런 연고도 없던 우리였기에 특히 명절이 되면 외로움이 더

행복의 크기를 셀 수 있을까.

했다. 처음엔 명절을 그 사람과 둘이서만 보낼 수 있다는 생각에 신나기도 했다. 사실 차례 음식을 만들어야 하고, 시댁과 친정으로 동분서주해야 하는 명절이 내겐 쉰다는 뜻의 휴일이 아닌 한숨이 "휴" 하고 나오는 휴일이었기 때문이다. 하지만 막상 가족도 없이 명절을 보내려니 허전함이 이만저만이 아니었다. 있을 땐 모르고 없어 봐야 안다는 말이 딱 맞았다.

우린 나름대로 명절 분위기를 내 보겠다며 아침 일찍 일어나 음식도 만들고 차례를 지내듯이 절도 했다. 물론 우리가 좋아하는 음식 위주로 차려 놓은 간소한 상차림이었지만 나름 구색은 다 갖추었다. 하지만 둘만의 차례를 끝내고 식사를 할 땐 텅 빈 옆자리가 더 크게 느껴지면서 가족 생각이 절로 났다. 정신을 쏙 빼놓던 떠들썩함이, 아침부터 저녁까지 한가롭게 엉덩이를 붙일 수 없었던 분주함이 그리웠다. 그렇게 외로운 명절을 보낸 우리에게 자주 갔던 한식당의 이모님은 작은 위안이 되어 주셨다.

"추석인데 가족은 못 만나도 송편은 먹어야죠!"

그분께선 명절뿐만 아니라 평소에도 우리가 갈 때마다 계란찜이나 하다못해 커피 한 잔이라도 더 챙겨 주려고 하셨다. 그럴 때면 맛있는 음식을 항상 우리 앞으로 놓아 주시던 시어머니 생각이 많이 났다. 우리가 내려가면 토종닭을 잡아 닭백숙을 해 주시고, 집에 있는 귀한 음식은 다 꺼내서 조금이라도 더 먹게 하려고 분주하게 움직이시던 모습이 생생하게 떠올랐다. 유학생 기숙사를 청소하는 아주머니를 볼 때면 항상 딸네 집 냉장고 걱정을 하시며 두 손 가득 뭔가를 들려 보내시던 친정엄마 생각이 났고, 1층 입구에서 근무하는 관리 할아버지는 멀리서 오는 손녀를 함박웃음으로 맞아 주곤 하시던 외할아버지 같았다.

내가 머물렀던 기숙사는 한국에서 살던 집보다는 많이 작고 있는 것보다 없는 게 더 많은 곳이었다. 하지만 위아래 층에 누가 사는지도 모르던 아파트보다는 오히려 더 훈훈한 공간이었다. 그 시작은 콩 한쪽도 나눠 먹는 정이었다. 우리는 먹을 것을 사 오는 날이면 꼭 수위실 할아버지와 청소부 아주머니들께 조금씩이라도 나눠 드렸다. 꼭 무엇을 바라고 그랬다기보다 항상 반갑게 맞아 주시는 그분들이 마냥 좋았다. 가진 것이라곤 인정밖에 없는 이들은 달라도 많이 달랐다. 작은 음료수 한 캔에도 가식이 없는 웃음을 보여 주셨고, 안부를 묻는 인사에도 진심이 묻어났다. 어느 날 방에 있는데 청소부 아주머니께서 노크를 하셨다.

"고구마 좋아해요? 한번 쪄 봤는데 너무 맛있더라고요. 먹어 봐요!"

직접 찐 거라면서 커다란 고구마를 건네주시는데 향기만으로도 군침이 돌았다. 우리는 그 자리에서 다 먹어 치웠고, 맛있게 먹는 우리를 보시더니 당신의 집 앞에는 이런 맛있는 고구마를 많이 판다면서 직접 사다 주시기까지 하셨다. 중국에서는 단오절에 찰밥을 대나무 잎에 삼각형 모양으로 싼 쫑쯔^粽「라는 음식을 먹곤 하는데 집에서 직접 만든 쫑쯔를 권하기도 하셨고, 우리가 미처 알지 못했던 학교 축제를 알려 주기도 하셨다. 우린 그렇게 나누면 나눌수록 더 행복해지는 날들을 보냈다.

우리는 모두 누군가에게 소중한 사람이 되기를 원한다. 기억 속에서 잊히지 않는 사람, 기쁘고 힘들 때 떠올리게 되는 사람, 모두에게 자랑하고 싶은 그런 사람으로 말이다.

하지만 반대로 누군가 나를 소중하게 여길 수 있도록 그에게 아무 조건 없이 모든 것을 나누어 주었는지, 그의 아픔을 내 아픔처럼 함께 괴로워하며 고통을 나누었는지, 나의 시간을 쪼개 기꺼이 그 사람의 생활 속으로 들어갔는지 돌이켜 보는 일은 적다.

오늘 밤엔 내게 소중한 사람이 몇 명이나 되는지 한번 세어 봐야겠다. 닌빈 밤하늘의 빛나는 별들처럼 셀 수 없이 많으면 참 좋으련만….

걸코 혼자 걷고
있지 않음을

"나랑 오드리 헵번이랑 닮은 구석이라곤 하나도 없는데 왜 날 좋아했어요?"

거리를 걷다, TV를 보다 오드리 헵번의 모습만 보이면 눈을 떼지 못하는 그 사람이다. 오뚝한 코, 인형 같은 눈, 잘록한 허리…. 내가 봐도 질투가 날 만큼 아름답다. 하지만 그래도 그렇지 자신과 닮은 곳이라곤 하나도 없는 배우를 좋아한다는 말을 듣고 기분이 좋을 여자는 아무도 없을 것이다. 그녀는 빛나는 외모로 내 마음속에 질투와 부러움을 동시에 심어 주었다. 그리고 중국에서 나는 우연히 그녀가 이 세상을 떠나기 전 아들에게 남긴 글을 보게 되었다.

아름다운 입술을 갖고 싶으면 친절한 말을 하라.

사랑스러운 눈을 갖고 싶으면 사람들의 좋은 점을 봐라.

날씬한 몸매를 갖고 싶으면 배고픈 사람과 음식을 나누어라.

아름다운 자세를 갖고 싶으면 결코 혼자 걷고 있지 않음을 명심하라.

부드러운 머리카락을 갖고 싶으면 하루에 한 번 어린이가 너의 머리를 쓰다듬게 하라.

만약 도움의 손이 필요하다면 네 손을 이용하면 된다. 네가 더 나이가 들면 손이 두 개라는 걸 깨닫게 된다. 한 손은 네 자신을 돕는 손이고 다른 한 손은 다른 사람을 돕는 손이다.

난 이 글을 읽고 한동안 멍하니 앉아 있었다. 그리고 고개를 천천히 또 깊이 끄덕였다. 그녀는 단순히 아름다운 외모로만 평가되거나 쉽게 호불호를 얘기해서는 안 될 사람이었다. 내 지난날의 생각이 경솔했던 것 같아 자리를 뜰 수가 없었다. 그녀의 아름다움은 말로 끝나지 않았다. 암 투병으로 본인의 몸조차 가누기 힘든 상황에서도 소말리아를 방문해 결코 누구도 버려서는 안 된다며 세계인들에게 호소했다. 슬픈 사슴의 눈으로 카메라 저편의 사람들에게 간곡한 부탁의 메시지를 전한 것이다. 그리고 넉 달 만에 우리 곁을 영영 떠나 버렸다.

결코 혼자 걷고 있지 않음을.
사랑이 온전히 나누어질 수 있기를….

나는 중국에서 이런 아름다운 사람들을 만날 수 있었다. 의료 시설이 없는 농촌을 방문해 의료봉사를 하는 의사들과 일반 자원봉사자들이었다. 이들과의 만남은 우연히 시작됐다.

연말이면 으레 치르는 각종 모임에 갔을 때였다. 칭다오에 간 지 얼마 되지 않아 아는 사람이 많지는 않았지만 지인의 소개로 한국인들의 모임에 그와 함께 가게 되었다. 보통 연말 모임과 다를 바 없이 재주 있는 사람들의 공연도 보고, 맛있는 식사도 하며 주변 사람들과 담소를 나누던 때였다.

"안녕하세요, 전 지금 칭다오 대학교에서 공부하고 있어요. 그런데 자리표에 보니까 홍십자紅十字라고 적혀 있던데 그게 뭐죠?"

생소하기만 한 홍십자라는 명패를 앞에 두고 나이 지긋해 보이는 분들이 온화한 미소를 짓고 앉아 계셨다.

"한국으로 따지면 적십자죠. 레드 크로스Red cross. 칭다오에 있는 무의촌을 방문해 의료봉사 활동을 하고 있는 의사에요."

"와, 진짜 좋은 일 하시네요."

"민정 씨도 혹시 시간 되면 오실래요?"

한국에 있을 때도 난 내가 할 만한 봉사 활동이 없을까 두리번거리곤 했다. 하지만 의사처럼 전문 기술이 있는 것도 아니고, 학생처럼 시간을 자유롭게 쓸 수 있는 것도 아니어서 한동안 생각만 해 왔다. 그러던 중 아나운서실에 붙어 있는 공지문을 보게 되었다. 시각장애인들을 위해 책을 음성으로 녹음하는 낭독 봉사에 대한 내용이었다. 내가 가진 능력으로 누군가를 도울 수 있는 길이 있었던 것이다. 게다가 일반인의 참여도 가능하다고 해서 난 그와 함께 일주일에 한 번씩 봉사를 시작했다.

처음엔 두어 시간의 낭독이 끝나고 나면 목소리가 가라앉았고, 한꺼번에 너무 많은 말을 해 악관절에 통증이 오기도 했다. 하지만 나 한 사람의 노력으로 시각장애인들이 더 많은 문화를 향유할 수 있다는 생각에 멈출 수가 없었다. 누군가에게 작은 도움이 될 수 있다는 사실은 내 삶을 더 가치 있게 했다. 이렇듯 봉사로 인한 뿌듯함은 칭다오에서도 도움이 필요한 곳을 향해 두 귀를 활짝 열어 두게 만들었고, 의료봉사는 거절할 이유가 없는 행복한 제안이었다.

우리가 의료봉사를 간 날은 꽃샘추위가 기승을 부리던 이른 봄이었다. 갖고 있는 옷 중에서 가장 두꺼운 옷을 여러 겹 껴입고 갔는데도 난방 기구 하나 없던 농촌 지역의 가건물은 우리를 추위로부터 보호해 주지 못했다. 봉사자들 모두 조금이라도 몸을 녹이고자 두 손을 비벼도 보고, 양지바른 곳에 서 있기도 해 봤지만 몸 구석구석을 파고드는 칼바람은 피할 수 없었다. 게다가 진료가 진행되는 동안 계속 서 있어서인지 허

누군가를 돕는다는 건

분명

자신의 것을 조금은 내놓아야 하는 일이다.

리가 끊어질 것처럼 아파 왔다. 하지만 의사들은 물론 일반 자원봉사자들도 모두 얼굴 한 번 찌푸리지 않고 미소로 서로에게 힘을 불어넣어 주었다.

우리가 맡았던 임무는 진료소를 찾은 어르신들을 접수처와 진료실로 안내하는 일이었다. 그분들이 진료소에 들어오자마자 처음 만나는 사람이 우리였기에 우리는 한국이 어디에 있는지도 모르실 그분들에게 한국에 대한 좋은 이미지를 심어 드리고 싶은 마음에 더욱 최선을 다했다. 오시는 한 분 한 분께 한국식으로 공손히 인사를 드렸고 내 할아버지, 할머니 같은 그분들의 손을 따뜻하게 잡았다.

거친 노동 때문일까. 60대임에도 80대는 되어 보이는 그분들은 겉모습만큼이나 두 손 또한 투박하고 거칠었다. 깊게 파인 주름엔 검은 때가 끼어 있었고, 엉망으로 일그러진 손톱은 삶의 고단함을 고스란히 보여 주었다. 난 그분들의 손을 더 꼭 잡았다. 이런 손일수록 사람의 정에 목말라 있다는 걸 알기 때문이었다. 내가 손을 마주 잡자 그분들은 오랜만에 사람의 따스함을 느끼는 것처럼 좋아하셨고 진료소까지의 짧은 시간 동안 내 얼굴을 보고 또 보셨다. 추위로 내 손도, 그분들의 손도 꽁꽁 얼어 있었지만 우리는 그렇게 마주 잡은 손을 통해 따뜻한 정을 나눌 수 있었다.

우리가 봉사를 갔던 때는 아직 신종 인플루엔자가 완전히 사그라지지 않아 대부분의 사람들은 공공장소에 가는 것도 꺼려했고 외부 사람과의 신체 접촉에도 얼굴을 찌푸렸다. 이 점이 염려되어 봉사자 모두에게 마스크가 지급되기는 했지만 심한 사투리를 쓰시는 그분들과 의사소통을 하기 위해선 얼굴을 가까이 마주하지 않으면 안 되었다. 그러나 감염보다 내가 두려웠던 것은 혹시나 내가 경계하는 듯한 행동을 했을 때 짓게 될 그분들의 실망스러운 얼굴이었다. 작은 몸짓 하나에 거만함이 묻어날까 봐, 혹시 그분들을 동정하는 것처럼 보일까 봐 조심하고 또 조심했다. 누렇게 변해 버린 치아, 고목처럼 거칠어진 피부⋯. 하지만 열여덟 살 소녀처럼 맑은 눈동자, 해맑은 웃음은 꼭 돌아가신 할머니 같아서 가끔은 코끝이 찡해지기도 했다.

그날 하루에만 3,4백 명의 마을 주민들이 진료를 받았고 한국, 중국인들은 물론이고 독일, 일본, 미국 등 각 나라의 사람들로 구성된 30여 명의 자원봉사단은 통역을 하거나 무거운 의료품을 나르는 등 보람찬 하루를 보냈다. 아침부터 시작된 봉사는 해가 산 너머로 뉘엿뉘엿 모습을 감추려고 할 때가 되어서야 끝났고, 봉사자들 모두는 서로에게 진심을 담은 수고의 말을 건네며 집으로 돌아오는 버스에 몸을 실었다.

"힘들진 않아? 허리 아프지?"

"좀 아프긴 하네. 그래도 참 뿌듯하다."

그날 우리는 집에 도착하자마자 허리에 파스를 붙였고 추위에 떠느라 단단하게 뭉친 어깨를 서로 안마해 주며 풀었다. 그러고는 저녁 9시가 되기도 전에 곯아떨어졌다. 그 후 며칠이지나 홍십자에서 발행된 책자가 나왔는데 나와 그 사람이 봉사하는 모습이 담겨 있었다. 우린 별로 한 것도 없이 잡지에 얼굴이 나와 조금 쑥스러웠다. 그런데 바로 다음 날, 우리 사진을 본 중국 학생들이 자신들도 봉사를 하고 싶다며 내게 물어 왔다. 오드리 헵번만큼 수많은 사람에게 영향을 준 건 아니었지만 적어도 중국 학생들에게 이런 아름다운 일을 알리는 소기의 성과를 거둔 것 같아 뿌듯했다. 난 한국으로 돌아오기 전 홍십자 관계자와 중국 학생들을 연결시켜 주었고 아마학생들은 봉사 현장에서 구슬땀을 흘리며 할머니, 할아버지의손을 꼭 부여잡고 있을 것이다.

　　누군가를 돕는다는 건 분명 자신의 것을 조금은 내놓아야하는 일이다. 오드리 헵번이 시간을 들여 난민국의 아이들을돌본 것처럼, 죽음을 눈앞에 두고서도 아이들의 여린 손을 놓지 않았던 것처럼 말이다. 하지만 우린 전문적인 기술도 없고, 시간도 없고, 나 혼자 먹고살기에도 빠듯하다는 말을 하며 나눔을 미루기에 바쁘다. 가끔 의료봉사단과 같은 이들을 보면조금 미안하기도 하고 동참하고 싶다는 생각을 하기도 하지만그것도 잠시, 바쁜 일상을 살다 보면 그런 마음조차 까맣게 잊는 일이 허다하다. 그래서 난 내 욕심이 커질 때마다 오드리 헵번의 인형 같은 얼굴을 바라볼 것이다. 그녀의 빛나는 외모도, 그 외모를 더욱 아름답게 만든 그녀의 행동까지도 닮기 위해서 말이다. 얼굴에 깊게 주름이 잡혀 있을 때쯤엔 나도 아름다운 향기를 뿜었으면 좋겠다. 헵번처럼.

나 자신보다
더 잘 알고 있는 우리

블루베리 차의 향기가 내 몸 깊은 곳까지 퍼진다.

나는 칭다오에서 자명종이라는 문명의 이기를 무시한 채 몸의 세포들이 깨어날 때까지 느긋이 기다리는 여유를 즐겼다. 온갖 인상을 쓰며 억지로 일어나 아침부터 스트레스를 몸에 집어넣는 것이 아니라 감각 하나하나가 깨어날 준비를 할 수 있게 내버려 두었다. 그날 아침도 정신은 깨어났지만 몸은 아직 꿈속에서 나오는 길을 찾지 못했는지 모든 감각들이 비몽사몽이었다. 30분 정도 흘렀을까…. 하늘이 홍차 빛깔에서 연한 푸른빛으로 변하고 있었다. 햇살은 이른 아침 포근히 안아 주는 그의 체온처럼 따스하기만 했다. 몸의 감각이 저절로 깨어

은은하게 퍼지는 차향처럼
여유롭고 행복한 시간을 더듬어 본다.

날 때까지 재촉하지 않고 느긋하게 기다리는 아침이었다.

얼마 만에 느껴 보는 여유인지 몰랐다. 그동안 주로 밤에 방송하는 프로그램을 진행했기 때문이었다. 〈무한지대 큐〉는 오후 7시에 시작해서 8시에 끝났고 라디오 〈밤을 잊은 그대에게〉는 자정에 시작해서 새벽 2시에 끝났으니 아침에 떠오르는 태양을 보는 건 실로 오랜만의 일이었다.

당시 나의 하루 스케줄은 이랬다. 오전 10시쯤 아파트 단지 이곳저곳에서 들려오는 사람들의 분주한 소리에 잠에서 깨어난다. 5일장이 서는 날이면 "싱싱한 생선 사세요" 하며 호객을 하는 장사꾼들의 목소리와 "이거 얼마예요?" 하며 가격을 흥정하는 주부들의 목소리가 아파트를 가득 메웠다. 바로 며칠 전에 만난 학부모들은 마치 몇 년 만에 만난 것처럼 반가워하며 아이들 얘기로 수다를 이어 갔다. 세탁소 아저씨와 택배 청년은 오토바이를 타고 단지 입구를 문턱이 닳도록 오갔다.

워낙 잠이 많은 편이지만 더 이상 버티지 못하고 부스스한 모습으로 침대에서 일어난다. 대부분 점심 약속이 있어서 일어나자마자 세수를 하고 바로 나오기 일쑤지만 그나마 한가한 날은 냉장고 문을 열고 그와 함께할 식사를 준비하곤 했다. 냉장고에 있는 감자, 양파, 호박, 고추 등 모든 채소를 송송 썰어 넣고 고추장과 참치를 넣고 휘휘 저어 고추장 감자찌개를 보글보글 끓인다. 친정엄마가 주신 데친 시금치를 물에 살짝 헹

귀 참기름과 소금으로 양념을 한다. 시어머니가 보내 주신 김치에 친정엄마가 싸 주신 고추 장아찌와 밑반찬 몇 가지를 꺼내 놓으면 금세 진수성찬이 된다.

그렇게 식사까지 마치면 오후 2시다. 이제 내게 주어진 시간은 단 1시간. 밀린 시사 주간지를 보기도 하고, 그 사람과 세상 돌아가는 얘기를 하다 보면 시계는 어느새 오후 3시를 가리킨다. 4시까지 출근해야 하기 때문에 서둘러 가방을 챙기고 지난밤 허물을 벗듯 던져 놓았던 옷은 정리도 하지 못한 채 집을 나선다.

방송국에 도착하면 먼저 아나운서실에 들러 그날 해야 할 일들을 체크한다. 일단 어제 진행한 방송의 시청률이 어떤지 살핀다. 시청률에 얽매이지 말아야 한다는 걸 머리로는 알고 있지만 그래도 혹시 떨어지지 않았는지, 올랐을 경우 경쟁 프로그램의 시청률도 동반 상승하지 않았는지 성적표를 확인하듯 꼼꼼히 살펴본다. 그리고 아나운서실에 커다랗게 걸려 있는 화이트보드에서 내 이름이 어디에 있는지 확인한다. 바로 매시간 진행되는 라디오 뉴스 때문이다.

아나운서들이 하루에 소화해야 하는 라디오 뉴스는 생각보다 많다. 1라디오, 2라디오, 3라디오, 1FM, 2FM, 한민족 방송, 월드 방송 이렇게 7개 채널이 있다. 게다가 매시간 뉴스를 생방송으로 진행해야 하니 많은 인력이 필요했다. 혹시라도 화이트보드에 표기된 자신의 이름을 놓치는 날에는 바로 방송 사고로 이어지니 하루 일과가 이 화이트보드와 함께 시작된다고 해도 과언이 아니다. 그리고 분장실로 부리나케 달려간다. 머리를 만지고 화장을 하다 보면 2시간이 금방 흘러 오후 6시. 그날 의상으로 갈아입고 스튜디오로 향한다.

오후 7시에 시작하는 〈무한지대 큐〉에선 계속 맛집들이 소개되어 저녁을 먹지 못한 내겐 고문이 따로 없다. 꼬르륵 소리가 방청객에게 들릴까 봐 카메라가 비추지 않는 시간에는 생수로 배를 채워 가며 진정시키곤 했으니까. 그렇게 또 1시간을 보내고 오후 7시 55분. ON-AIR 불이 꺼지면 뛰다시피 회사 내 커피숍으로 향한다. 그곳에는 저녁 식사로 먹을 머핀과 따끈한 커피가 하나 정도는 남아 있기 때문이다. 그마저도 8시면 문을 닫기에 복도에서 누군가를 만나 잡담이라도 나누는 날이면 쫄쫄 굶어야만 했다.

향긋한 커피를 한 모금도 마시지 못한 채 게스트와 스태프들이 기다리고 있는 라디오 스튜디오로 향한다. 생방송 전에 주말 분량과 라이브 가수들의 초대석 꼭지를 미리 녹음해야 하기 때문이다. 귀에 익숙한 〈밤을 잊은 그대에게〉 시그널뮤직과 함께 오프닝을 한 뒤 첫 곡을 소개하고 나면 한숨이 절로 나온다. 그제야 알맞게 식은 아메리카노를 한 모금 마신다.

그렇게 숨 가쁜 일정을 소화하고 나면 밤 11시. 모두가 잠

옷을 입고 편안한 자세로 집에서 휴식을 취하고 있을 그 시간에 난 조용한 사무실에 홀로 앉아 잠시 명상에 잠긴다. 집에서 쉬고 싶다는 생각이 들기도 하지만 한밤중의 고요한 방송국을 가장 좋아해 오히려 이 시간을 즐긴다. 여기저기서 뛰어다니고 소리치던 사람들의 열기가 빠져나가고 미열만이 남아 있는 공간, 밤샘 작업을 하려고 남아 있는 몇몇 프로듀서나 기자들과의 눈인사가 낮의 그것보다 훨씬 인간미를 풍겨 왠지 더 각별해지는 공간. 여백이 있어 좋고 그 여백에 사람의 향기가 흘러서 더 좋다.

그렇게 마음을 차분히 가라앉히고 자정에 시작하는 라디오 방송을 위해 다시 스튜디오로 향한다. 눈 깜짝할 사이에 2시간은 훌쩍 지나가고 나는 어느새 자동차 안에서 2시 15분이라는 숫자가 적힌 전자시계를 보며 시동을 건다. 이렇게 하루 일과를 쓰면서 나도 모르게 숨이 가빠지고 마음이 조급해지는 걸 보니 그 당시 내 생활이 정신없이 바쁘긴 바빴나 보다.

칭다오에서의 내 모습은 아나운서 시절에는 상상도 할 수 없을 만큼 편안함 그 자체였다. 지난밤 독서하느라 늦게 잠든 그를 위해 윤기가 흐르는 따끈한 새 밥을 짓는다. 칭다오에 온 후로 유난히 아침잠이 많아진 그의 얼굴을 병아리를 따뜻하게 감싸는 어미 닭처럼 쓰다듬어 준다. 몇 마디 대화를 나누다 보면 그는 어느새 기분 좋게 잠에서 깨어난다. 아침 햇살은 온 방 안을 환하게 비추고, 밥솥에서는 고소한 밥 냄새와 함께 뽀얀 김이 올라와 한 폭의 그림을 완성한다. 얼마 전부터 아침마다 찾아오는 까치 한 쌍의 아름다운 지저귐이 귀를 즐겁게 한다. 우리는 함께 아침을 먹고, 함께 차를 마시며, 함께 책을 읽는다. TV 소리보다는 자연의 소리에 귀 기울이며 신선한 아침을 맞이해야 그날 하루의 삶도 알차다고 하신 법정스님의 말씀이 더욱 공감되는 날들이었다.

평온하고 조용한 아침이 지나고 나면 그는 그대로, 나는 나대로 각자의 일에 집중한다. 한낮에 졸음이 쏟아질 때는 둘이 손잡고 교정을 거닐며 한바탕 웃는다. 그러면 잠이 깨는 건 물론이고 따스한 햇살과 시원한 바람을 맞아 기분이 한층 더 좋아진다. 가끔은 장바구니 하나씩 들고 근처 재래시장으로 향한다. 랩에 예쁘게 포장된 대형 마트의 채소처럼 깨끗하지는 않지만 여기저기 흙이 묻어 있는 채소는 오히려 더 싱싱하게 느껴져 좋다. 꼬깃꼬깃한 잔돈과 함께 전해 주시는 가게 아주머니들의 넉넉한 미소는 마음까지 환하게 만들어 준다.

저녁에 끓일 배추 된장국을 위해 배춧속을 두 개쯤 사고, 즙이 흥건히 나오는 싱싱한 양파도 몇 개 산다. 연신 물을 뿜어대며 신선함을 자랑하는 바지락도 그냥 지나칠 수 없다. 아침마다 한 개씩 먹는 사과와 달콤한 망고도 어느새 손에 쥐어져 있다. 냉장고에 들어갔다 썩은 상태로 버려지던 서울에서와는 달리 채소들은 부패할 겨를도 없이 매일매일 밥상에 올라와 우리를 즐겁게 한다.

우리는 함께 음식을 만들고, 함께 밥상을 정리하고, 함께 책을 읽다가 궁금한 게 있으면 서로 얘기했다. 그야말로 하루의 대부분을 칭다오 대학교의 기숙사 작은 공간에서 함께 지내는 셈이다. 간혹 말다툼도 했지만 서로를 나 자신보다 더 잘 알 수 있어 우리 부부에게는 더할 나위 없이 행복한 공간이었다.

언제 또다시 블루베리 차의 향기를 그토록 여유롭게 느낄 수 있을지는 모르겠다. 하지만 적어도 물속에서 고운 빛깔로 우려지는 블루베리 차를 볼 때면 칭다오에서의 하루하루가 생각날 테고 그때를 그리워하겠지.

오늘따라 찻잔에 떨어지는 오렌지 빛 찻물 소리가 경쾌하다.

우린
사랑하니까

어둠이 고요와 함께 찾아온 방 안에서 난 크게 숨을 몰아쉬었다.

"후, 후, 후···."

하지만 명치쯤에서 뭔가 막혀 있는 듯 답답함은 풀리지 않았다. 그날따라 방 안을 크게 울리던 초침 소리는 심장 소리와 함께 서라운드로 내 귀를 괴롭혔다.

남편이 강직성 척추염이라는 희귀병을 앓고 있다는 건 우리 부모님도 모르는 사실이었다. 결혼 당시 거의 완쾌된 상태였고 설령 결혼 후 병이 악화된다 해도 감당할 자신이 있었기에 굳이 말씀드리지 않았다. 때로 세상에는 모르는 게 더 좋을 비밀도 있는 법이니까. 그렇게 꽁꽁 숨겨 왔던 비밀을 TV에 출연해 털어놓게 되었다. 지금은 아기도 낳고 건강하게 잘 살고 있기에 누가 안다한들 상관없다고 생각했고, 무엇보다 곧 나올 남편의 소설에 그런 내용들이 모두 들어 있어 사람들도 곧 알게 될 것이기 때문에 내가 미리 방송에서 이야기한다고 크게 문제 되지 않을 거라고 판단했다. 방송은 내가 한 이야기들을 잘 담아냈고, 우리 부부는 마치 큰 짐 하나 내려놓은 사람들처럼 후련한 기분으로 TV를 봤다. 그런데 일은 방송이 끝난 이후 터졌다.

"고민정 아나, 남편 NO수입, 제 월급만으로도 충분!"

휴대전화를 만지작거리다 한 인터넷 신문의 기사 제목을 보게 된 것이다. 가슴이 덜컹 내려앉았다. 이맛살은 점점 찌푸려졌고, 심장은 몸 밖으로 뛰쳐나오기라도 할 것처럼 쿵쾅거렸다. 남편의 얼굴을 제대로 쳐다볼 수가 없었다. 물론 내가 한 말이긴 했지만 앞뒤 잘린 기사 제목만 봤을 때는 남편이 무책임하게 돈도 벌지 않고 사는 사람처럼 보였기 때문이다. 얼굴을 붉히는 나를 보던 남편은 오히려 멋쩍은 듯 한마디를 던졌다.

"사실인데 뭐. 너무 신경 쓰지 마. 난 괜찮으니까."

너무 미안했다. 미안하다는 한마디로 해결될 수 없는 깊은 상처가 이미 그 사람 마음에 생겼을 거라 생각하니 내 자신이 그렇게 초라하게 느껴질 수가 없었다. 시인 남편이시면 수입이 거의 없으실 텐데, 하는 MC의 질문에 아무렇지도 않게 그렇다고 얘기한 게 화근이었다. 내가 그런 말을 하지 않았다면, 내가 그 방송에 출연하지 않았다면, 내가 사람들 입에 오르내리는 아나운서가 아니었다면 내가 가장 사랑하는 그 사람에게 이런 종류의 상처는 주지 않았을 텐데, 하는 자책이 꼬리에 꼬리를 물었다. 잠을 청해 보려 눈을 감았지만 베갯잇은 자꾸 젖어 들었고 정신은 점점 맑아졌다. 결국 난 방을 나와 컴퓨터 앞에 자리를 잡고 앉아 내 마음을 글로 옮기기 시작했다.

가슴이 너무 아프다. 내가 제대로 전달하지 못한 걸까, 내가 너무 민감한 걸까…. 내 월급만으로도 충분히 행복하다는 말. 물론 내가 한 말이지만 앞뒤 문맥 없이 그 부분만 따서 기사 제목으로 만드니 내 의도와는 전혀 다른 말이 되어 버렸다.

꿈이 없던 내게 아나운서라는 꿈을 제시해 줬고 순간순간 옳은 판단을 할 수 있는 언론인이 될 수 있도록 지금의 고민정을 만들어준 사람은 바로 남편이다. 그런데 마치 난 소녀 가장이고 남편은 무능력한 사람으로 비춰지는 것 같아 잠이 오지 않는다. 난 지금껏 남편이 작가로서 돈을 벌기 위한 글을 쓰는 걸 반대해 왔다. 내가 돈을 벌기 위해 방송을 하는 게 아니듯 돈을 벌기 위해 쓰고 싶지 않은 글을 쓰게 하고 싶지 않았다. 그렇게 남편의 경제활동을 반대한 건 나인데….

꿈도, 미래도 없던 대학생인 내게 아나운서라는 꿈을 제시해 줬고 헌신적으로 도움을 줬던 사람. 아무도 내게 아나운서의 가능성을 찾아보지 못했을 때 그걸 발견해 줬고, 말솜씨도 글재주도 없던 내게 꾸준히 옆에서 선생님 역할을 해 준 사람. 아나운서가 된 후에도 그저 웃음만 주는 사람이 아닌 언론인으로서의 책임감을 지녀야 한다고 옳은 소리를 해 준 사람. 아무런 그림도 그려져 있지 않은 백지 위에 작게나마 지금의 나란 사람을 그려 준 것 또한 그 사람인데…. 지난 15년 동안 그렇게 나를 빛나게 하기 위해 스스로 빛도 나지 않은 역할을 해 왔는데…. 한순간에 아내에게 모든 짐을 전가하는 무책임한 남편이 돼 버린 것 같아 속상하다. 그것도 나로 인해.

남편은 지금도 "돈 안 버는 건 사실인데 뭐…." 하며 웃음을 짓지만 항상 자신을 낮추기만 하는 그 사람의 얼굴을 쳐다볼 수가 없다. "항상 나한테 좋은 얘기만 있을 수 있겠냐"며 날 위로하지만 나로 인해 내 가족이 화살에 맞았는데 그저 넋 놓고 볼 수만은 없었다. 공허한 메아리가 될 수도 있겠지만 내 마음을 털어놓지 않고선 눈을 붙일 수가 없었다.

그렇다. 우린 가족이니까.

지켜야겠다는 생각뿐이었다. 내가 할 수 있는 모든 방법을 동원해서라도 내 가족을 지켜 주고 싶었다. 내 몸이 화살받이가 된다 해도, 내 살갗이 불에 그을린다 해도 말이다. 그렇게 서로가 서로의 보호막이 되어 주고 모두가 돌을 던질 때 같은 편이 되어 주는 것. 그게 바로 가족일 테니까. 난 마치 곧 다가올 전투를 앞둔 여전사라도 되는 양 긴 호흡을 내뿜으며 컴퓨터 앞에서 일어섰다. 다음 날 아침부터 발생되는 모든 일에 대해서는 감내하겠다는 내 자신을 향한 마음의 다짐이기도 했다. 그런데 다음날부터 신기한 일이 벌어지기 시작했다. 지난밤에 글을 올린 블로그에 방문자 수가 기하급수적으로 늘어나면서 새로운 기사들이 쏟아져 나왔다.

> 고민정 아나 "남편, 지금의 날 만들어 준 사람" 심경 고백
> 고민정 아나운서 "남편 무능력한 사람 아냐…. 날 만들어준 사람"
> 고민정 아나 "남편의 경제활동 반대했던 게 나인데…."
> 고민정 아나운서, "의도와 전혀 다르게 나간 기사, 마음 아파"

　그게 다가 아니었다. 내 블로그에는 수백 명의 사람들이 달아 놓은 댓글로 넘쳐 나고 있었다.

> "세상을 보는 눈이 다른 사람들에게 상처 받지 마세요. 그보다 민정 씨와 조기영님을 바로 보는 사람들이 훨씬 많으니까요. 언제나 행복하고 건강하시길…."

"연하고 아름다운 마음에 탈이 없을 수 없겠죠. 그 마음 잡아줄 가족이 있으니 힘내시고 항상 행복하시길 바랍니다. 저는 이번 기회에 오히려 팬 됐어요."

"누구보다 사랑하던 남편을 물질 때문에 미워하던 제 최근 모습을 반성하게 되네요. 다 알면서 결혼한 건데…. 너무너무 좋으신 시댁 식구들도 나쁜 의도가 있으신 건 아닌데 세상의 잣대로 보면서 미워하던 저 반성합니다. 그리고 적절한 시기에 깨달음을 주신 아나운서님께 다시 한 번 감사합니다. 오늘 남편에게 따뜻한 말 한마디와 포옹을 해 줘야겠어요. 조기영 시인님의 시 한 편을 남편에게 카톡으로 보냈어요. 저희 부부 오늘 하루 마음이 따뜻해질 것 같습니다."

"이 아름다운 부부를 항상 응원하겠습니다. 사노라면 마음에도 눈에도 귀에도 필터가 필요하지요. 너무 예쁘게 잘 살고 있어서 시샘하는 걸로 생각합시다."

"이 글을 보면서 눈시울이 붉어지네요. 아름다운 사랑을 소설이 아닌 이렇게 현실로 볼 수 있게 해 주셔서 너무나 감사합니다. 지금처럼 그 사랑을 유지하면서 살아가셨으면 좋겠습니다. 저도 두 분처럼 아름다운 사랑하며 이해하며 살아가겠습니다. 감사합니다."

세상은 이미 물질만능주의에 빠져버렸다, 돈이면 다 되는 세상이다, 대중들은 진심보다는 자극을 원한다고 얘기했던 내가 부끄러워지던 순간이었다. 한 번도 마주치지 않았을 그 사람들이 내게 진심을 담은 응원과 따뜻한 위로의 말을 건넸다. 내가 누군가를 원망하고 있는 사이 또 다른 누군가는 끓어오르는 내 이마에 물수건을 올려 주었고, 진심을 다해 깊은 포옹을 해 주었다. 누비 공방을 하시는 분은 명품 가방이 없다던 방송에서의 내 얘기를 듣고선 그 마음이 진짜 명품이라며 손수 만드신 가방을 보내 주셨고 꽤 많은 의사 선생님들은 남편의 병을 고치는데 도움이 되고 싶다며 연락을 해 오셨다. 물론 지금은 남편의 병세가 거의 완쾌된 상태라 더 이상의 치료가 필요하진 않지만 걱정해 주신 그 마음들이 그렇게 감사할 수가 없었다.

롤러코스터를 탄 것 같은 지난 며칠이었다. 분노, 슬픔, 감동, 희망 등 여러 감정들이 한데 뒤엉겼다. 사랑의 감정으로 시작된 부부가 어떻게 한평생을 함께 살 수 있는지 피부로 느낄 수 있었다. 그리고 '가족'이라는 두 글자가 주는 은은하면서도 찬란한 그 빛을 볼 수 있었던 내겐 너무나 소중한 경험이었다.

창문 틈으로 새어 나온 햇살에 눈을 뜬다. 남편은 간밤에 시상이 떠올랐는지 서재 스탠드는 켜 둔 채 내 옆에 모로 누워 잠들어 있다. 책상 위 모니터에서는 글자들 사이로 커서가 깜빡이고, 플러스 펜 뚜껑은 열린 채 작은 종이쪽지들 위에 아무 그 사람과 아이를 본다. 그리고 그 옆에 나를 세운다.
우리는 썩 괜찮은 삶을 그리며 사랑하고 있다.

행복하다.

렇게나 놓여 있다. 아나운서의 남편이기에 받았을 불편한 시선과 오해들로 한 번쯤은 화를 낼 법도 한데 그는 그런 것쯤은 전혀 상관없다며 그저 웃어넘긴다. 그는 반 이상 비워진 물 잔을 보며 아직도 이렇게 물이 많이 남았다고 얘기하는 사람이니까. 나를 위해서라면 별도, 달도 따다 줄 것 같은 이 사람을 다음 생에서도 만나고 싶은 건 그만큼의 사랑을 다시 한 번 더 받아 보고 싶기 때문이기도 하다.

아빠를 닮아 고기는 쏙 빼고 양파, 시금치 같은 채소만 골라 먹는 두 살배기 은산이는 밤새도록 온 방 안을 휘젓고 다니더니 결국 옷장 구석에 머리를 박고 쌔근쌔근 잠들어 있다. 평소에는 잘 해 주지도 않다가 자기 기분 내키면 그 앙증맞은 입술을 쭉 내밀어 뽀뽀를 해주는, 엄마, 아빠 중 누구를 더 따르는 것도 없이 똑같이 사랑을 나눠 주고 있는 눈에 넣어도 아프지 않을 우리 아들. 이렇게 아직 잠에서 깨지 않은 두 사람의 얼굴에 햇빛이 살포시 내려앉을 때 내 마음은 평온한 행복으로 넘쳐 난다. 앞으로도 슬퍼하고 괴로워할 일들이 많이 있겠지만 지금까지처럼 서로가 서로의 보호막이 되어 주며 살면 된다. 우린 가족이니까.

그 사람
더 사랑해서 미안해

고민정 아나운서의 그 사람,
조기영 시인의 손글씨

그 사람 더 사랑해서 미안해

1판 1쇄 발행 2013년 8월 13일
1판 9쇄 발행 2020년 4월 28일

글·사진 고민정
펴 낸 이 신혜경
펴 낸 곳 마음의숲

대   표 권대웅
편   집 전태영 전유진 채수희
디 자 인 임정현 박기연
마 케 팅 노근수 허경아

출판등록 2006년 8월 1일(제2006-000159호)
주   소 서울특별시 마포구 와우산로30길 36 마음의숲빌딩(창전동 6-32)
전   화 (02) 322-3164~5 팩스 (02) 322-3166
이 메 일 maumsup@naver.com
인스타그램 @maumsup
용지 타라유통(주) **인쇄·제본** (주)에이치이피

ⓒ고민정, 2013
ISBN 978-89-92783-74-3 (03810)

＊값은 뒤표지에 있습니다.
＊저자와 출판사의 허락 없이 내용의 전부 또는 일부를 인용, 발췌하는 것을 금합니다.
＊잘못 만들어진 책은 구입하신 곳에서 교환해드립니다.

＊이 도서의 국립중앙도서관 출판예정도서목록(CIP)은 e-CIP홈페이지(http://www.nl.go.kr/ecip)와
  국가자료공동목록시스템(http://www.nl.go.kr/kolisnet)에서 이용하실 수 있습니다.
  (CIP제어번호: CIP2013013351)